# YOROZU～妄想の民俗史～

後藤正文

本書は『ロッキング・オン・ジャパン』2014年
3月号から2017年4月号に掲載された連載
「YOROZU IN JAPAN～妄想の民俗史
～」に一部加筆・修正を加え再編集したもの
です。この物語はフィクションであり、実在の
人物及び団体とは一切関係ありません。

# 目次

## 「麺」――127





## 後藤正文×清水克行「特別対談」――215

# 「眼鏡」

# 第一回「眼鏡」

キリスト教宣教師、フランシスコ・デ・ハウィエールは一五四九年（天文十八年）の八月十五日に「ヤジロウ」という日本人と鹿児島に上陸、日本の未開人たちにキリスト教でも広げたろかしら、ってことは一番偉い人に会わなくちゃね、と薩摩の領主、島津貴久に天皇に謁見するための便宜を求めたが拒まれ、あちゃーという感じで平戸、博多、山口を経て京都に向かった。

山賊や盗賊、追い剥ぎなどの悪党がわらわらといる道中をくぐり抜け、ハウィエール一行が京都に着いたのは約一年半後、一五五一年（天文二十年）の一月中旬のことであった。

そしたら、ギョワー、なんと京の都はフルボッコだった。応仁の乱による戦乱、狼藉、非人道的な行為の数々などによって無茶苦茶に破壊され、荒廃しきっていた。

無論、キリスト教を布教する余地がまったくなかった。なんたる不幸。俺だったら失禁する。

まあ、その、ハウィエール、今で言うところのザビエルはそれでもめげなかった。ハートが強かった。だって聖人だもの。なんとかキリスト教をこの国に広めて人々を救済したいと天皇に謁見を試みた。けれども、ザビエルはなんと手ぶらだった。しかも、長旅で衣服はボロボロ、身体は異臭を発していた。

献上する品を何も持たずに、荒れ狂った京都に現れた外国人宣教師が天皇に会わせてちょ、キリスト教を布教させてちょ、などと言ってみたところで、土台無理な話である。だって怖いじゃん。荒れ狂ってんだよ、都は。見慣れない外国人が手ぶらで現れて、会わせろーって超怖い。汚くて臭いし。石でも投げるわ、普通。

参ったね。

ということでザビエルは平戸まで戻った。

どのくらい参ったかと言うと、後に別の宣教師が「日本で高貴な人と会うときは贈り物を持って行かないとヤバいよ」と書簡に綴るくらいだった。口酸っぱくイエズス会のメンバーに忠告したに違いない。

その後、ザビエルは平戸でポルトガル船から贈り物に相応しい品々を受け取って、いい感じのビラビラが各所に縫い付けてあるような衣服を用意し、身なりを整えてから、山口県に向かった。

当時の山口県は大内義隆という守護大名が統治していて、結構栄えていた。いや、結構どころか「西の都」と呼ばれるほどであった。

京の都がフルボッコだったため、ザビエルは布教の拠点にこの地を選んだというわけだ。

ザビエルは小綺麗な衣服に着替え、万国旗が飛び出そうな形の鉄砲、フリチンでダイブしたくなるようなスベッスベの布、精巧な時計など、十三の立派な贈り物を持参して大内義隆と会見、布教の許しを得た。

許しというか、ヨッシーこと義隆はこれむっちゃいいヤツじゃん、超レアじゃんと感激し、即座に領内に立て札を立てさせて、信じてもいいよー、ユーたち信じちゃいなよー、と宣言、領民に周知させるほどだった。

ザビエルが大内義隆に贈った十三の品々のなかには眼鏡が含まれていて、それが日本に初めて伝わった眼鏡とされている。

眼鏡は当時、とても貴重なものだった。

元を辿れば十三世紀末のイタリアで、眼鏡は老いた修道僧たちが書物を読むための老眼鏡として発達していった。それゆえに教養と結びついた存在であった。貴族や領主たちは書物などとは無縁だったけれども、高い技術で製造され、美しい装飾がほどこされた眼鏡は高価であるがゆえに権力の印としても所有されるようになった。

一方で、眼鏡に対する蔑視もこのころから始まり、ロバや猿に眼鏡を掛けさせて小便をチビるほど爆笑する、というようなことも行われていたらしい。いろいろな側面から腹立つわ、マジで。

それから随分経って、十六世紀から日本に輸入されはじめた眼鏡は、刃だけを引っこ抜いた丸っこいハサミの柄のような形状だった。掛けるときには、（実際にはないけれども）ハサミの刃が上になるようにして、目頭のあたり、鼻の凹凸の始まりに両方のレンズを引っ掛けて、ひょいと顔に乗せていた。まだ、「つる」はなかった。

耳に掛けるための「つる」が発明されたのは十八世紀に入ってからだった。それまでは鼻に乗せるスタイルが一般的だった。だから、よく落ちた。お辞儀をする度にポトリと、えーっていう、うそーっていう、冗談みたいな状態だった。

滑稽だよね。けれども、眼鏡のイメージは教養と結び付いていたので、目上の人の前で掛けることは、俺めちゃんこ勉強してます、頭良いです、優秀です、というアピールになってしまうので憚られていた。

眼鏡を掛けているだけで、アイツは知的だと、一目置かれるような代物だったのだ。

一方で当時の一般庶民はと言うと、眼鏡とは無縁だった。眼鏡は大名クラスでないと持てないほどに高価で貴重だったのだ。ついでに言うと、多くの庶民はザビエルのような南蛮人とも無縁だった。

ということを踏まえて、俺、登場。どうも彦二郎です。

あ、ここから完全にタメ語でいいよね、五百歳くらい年上だし。

いや、ビビったよね、初めてザビエルを見たときは。俺は生まれも育ちも岐阜、死んだのも岐阜っていう正真正銘の、口から肛門まで岐阜っ子なんだけれども。その岐阜にね、鼻が異様に大っきくて色が白いヤツらが見たこともない衣服を着て、織田のところのお侍なんかと視察に来るわけ。

俺ら、うわーっつってね。鼻デカーなんて言ってね、最初はハナーンとかいうアダ名付けて見物してたんだけれども、よく見るとその鼻の横に目がね、余分にあるのよ。合計で言うと四つ、目があるわけ。

で、その外っかわの目が鏡みたいに光ってんのよ。いま思えばそれレンズだよってだけの話なんだけど、当時、眼鏡なんて誰も知らなかったもんで、連れと一緒に鬼か妖怪かなんかだよな、あれ、絶対っつって、小便チビって帰って。

ほいで、村の寄合で大変だぁ尻子玉抜かれんぞなんて話してたらもう、他所の村までガンガン噂が広まって、方々、遠くは尾張のほうからも人がガンガン、大体四、五千人、宿の前に集まっちゃったのね。ガキも一杯。

それって、俺らの生きてたころは日本列島全体の人口が一千万人くらいだったから、現在の人口から単純に計算すると五、六万人集まっちゃった感じなのね。いまで言うとロック・イン・ジャパン・フェスみたいな感じ。

あ、ザビエルは外タレだから、サマソニのほうが近いかな。

俺ら、最初に街角で宣教師を見かけたときの三倍強のテンションでうわーっつって、モッシュして、そのうち誰かが柵越えんぞってダイブして、宿のなかへ無断で入ろうとして、揉みくちゃになって、いやぁ、大変だったの。モッシュ、ダイブはまだ禁止じゃないから、その時代。

で、俺はまあ、それから随分経って、野武士みたいなヤツらに一族諸共ザパーっつって無惨に斬られて、村ごと燃やされて死んだんだけど、戦乱が終わって江戸時代になって、鎖国直前になるとグワーっつって、ポルトガルから鼻眼鏡が何万個も入ってきて。

それ一応、全部廉価版なのね。当時のイギリスの貴族なんかはもっとバッキバキの、最先端の単眼眼鏡「パースペクティヴ・グラス」って、痛っ、いまクチビル噛んだけど、そういうのをしてたわけ。

日本に入ってきたのは庶民用。クール・ジャパンなめんなよって日本人として思うけど、それを幕府の役人や大名連中が使ってたわけ、勉学用に。

で、まあ、そこから徐々に、江戸とか京都とか大坂とかで作られるようになって、それはもう技術的に発達して、面倒だからいろいろ端折るけど、いまに至るのね、眼鏡って。

いやでもスゴかったなぁ、あのときの岐阜。フェスだったよ、マジで。眼鏡フェス。

# 「猫と三味線」

# 第二回「猫と三味線」

どうしてあんなことになってしまったのかは俺にも分からない。

ただ、目の前に差し出された木天蓼《またたび》の甘い香りに酔って夢見心地、このまま天国まで昇ってやろうかしらと思いながら手の、手っていうか前足の甲でゴロニャン、顔を擦っていたらばふわりと身体が宙に浮いて暗転、気づいたら皮だった。

そこから、あれあれと思っているうちに石鹸水に浸けられて、血を抜かれて毛を抜かれ、染みまで抜かれた。包丁のような形状の金属器具でコスコスと毛根まで取り除かれて、俺はもうツルッツルの何かだった。猫、であったことを忘れてしまうくらい。ニャー。

で、だ。ここからは刃のない刀みたいなものでゴッシゴシとしごかれて水洗い、またしごかれて水洗い、それを繰り返されてどうにでもなれと、そう思いはじめたところでお湯にブチ込まれて、徹底的に脱脂された。

俺がまだちゃんとした猫だったころ、そりゃまあ飼い主がいいとこのお武家の娘さんだったもんだから、そこそこにいいもん食って、いいもん食って、いいもん食って寝て、っつう感じで肥えて、もう真ん丸に太って、ダイエットでもしようかなと思ってたんだけど、もう痩せる必要がまるでない、むしろ太りたいっていうくらいに皮だけになったの。猫皮。それが二年前の宝永六年（一七〇九年）。

俺たち猫にとって、貞享から元禄、宝永に入るまでは良い時代だった。将軍徳川綱吉は猫を紐につないでおくことを禁じたからね。

それまでは、家猫は紐につながれていることが一般的だった。

清少納言作『枕草子』の第九十三段には「赤き首綱に白札つきて、いかりの緒をくいつきて」とある。俺たち家猫の先祖が奈良時代に唐の国からやって来て、ペットとしてこの島に定着してから八百年。その間、家猫はつながれながら命をつないできたわけ、時に野良になったヤツらや野生の山猫とも混じって。で、俺たちは生まれながらにして、つながれない時代の猫だった。いまで言うデジタルネイティブみたいな。インターネットのない時代なんて知らねぇよ、って感じでさ、首綱って食べられますか?みたいな、ね。ゆとり、あったよマジで。

実際、綱吉公は神だった。

尊敬したよね。畏怖の念すらあった。生き物を大切にしない人間をガンガン捕まえて遠流、遠流、遠流っていう厳格さがあったから。もちろん、切腹や磔《はりつけ》もあった。生き物に対する友愛も行きすぎると良さそのものが悪さにもなってしまうから、俺たちは守られつつも恐ろしさみたいな感情も抱えていて、それを打ち消すためにこう呼んだんだ、綱ポンって。

綱ポンは本当に、もう愛もここまで行くかって感じで、まあ、現世を生きる猫たちはどうせ犬公方でしょう？って言うと思うけれど、犬猫はおろかウナギだって、一時はハマグリやアサリなどの貝類だって、おおよそ生き物の命は全て大切にせよと決めたわけ。

綱ポン自身は虫さえ殺さなかった。

まあ確かに、犬に関しての逸話は多いよ。いまで言う東京の中野駅あたり、駅前から早稲田通りに出て環七通りまで、実に百万平方メートルっていう広大な敷地に数万匹の犬を集めて、税金で養ったって言うんだからすごい。犬贔屓だとムカつく猫もいるかもしれない。まあでも、そういう場所で犬たちが幸せだったかどうかは俺にはよく分からない。俺たち江戸の猫は天敵が減って超ラッキーだったけどね。

それで、綱ポンが宝永六年に亡くなる。

まあ、俺らはオイオイ、いや、実際にはニャアニャア泣いて悲しんだ。幕府直轄地中の猫たちが喪に服した。白猫たちは全身で弔って、自分たちを黒猫だと思うほどだった。

一方で犬たちは半狂乱だった。意味もなく侍たちに日本刀でサパーっつって斬られるんじゃないかって脅えた。

事実、犬が手厚く保護された元禄年間にだってあったんだからさ、犬殺しは。とにかく野犬でも野獣でも傷つけるなっていうきまりに気を遣いすぎてストレスが爆発しそうな人たちもそこそこいたし、路上生活者や野良犬を斬り狂うかぶき者なんかは鳴りを潜めていたわけ。そりゃビビるよね、犬も。

そして、綱ポンの死から十日後だよ、まだ葬儀も終わっていないのに「生類憐みの令」が廃止されたのは。一月二十日。あまりにも唐突だったし、あまりにも早すぎた。

俺が脂もすっかり抜けきったただの皮になったのはそれから半年後。

最初に言ったように、大好物の木天蓼にガッついて、鼻腔から入ったマタタビラクトンとアクチニジンがヤコブソン器官を直撃、脳の奥がゆっくり溶けて汁になっていくような快楽のなかで酩酊して、気づいたら殺られてた。

肉なんかは多分、そこらで猫鍋にでもされちゃったんじゃないかな。マズいらしいけど、猫肉。食うでしょ、そりゃ。

いやぁ、本当に迂闊だったなぁ。ずっとぬくぬくと、江戸の町を奔放に歩き回っていたからね、ドヤ顔で。俺、猫ですけど何か?って。警戒心の薄らいだ世代だったんだと思う。そういうところにつけ込まれて、三味線用として、身体を傷つけないように丁寧に狩られた。

そして、様々な工程を経て脱脂の終わった俺は、皮の隅々に針をこれでもかと打たれて、板の上に浮かし張りにされて乾いた。陰干しされて天日干しされて、数年間寝かされて枯れた。そして、三絃師という三味線職人のもとへ出荷された。いい感じに枯れていたので、俺は高価だった。

職人技としか言いようのない腕前で仕上げられた三味線の胴の部分に、これまた職人技としか言いようのない技術でもって綺麗に張られた。首下から乳首のあたりを使うのが慣例なので、えー乳首見せんのって、なんだか少し恥ずかしくもなったけれど、当時としては最高級の猫皮として最高級の三味線になれた俺は、まあ、猫としての楽しみもそこそこにぶっ殺されたことに対する憤りも、無念さもあるにはあったけれど、新しい誇りのようなものを取り戻していた。

そして、大坂の町へ売られて、人形浄瑠璃の三味線方の手に渡り、義太夫節の伴奏として華やかな舞台で俺は弦の音を反響させた。様々な太夫たちの声色を引き立てるため、絶妙に濁った音色を演出して震え、適度なタイミングでその一音を収めた。時の風俗の粋を極めて、最後は三味線方の骸《むくろ》と一緒に燃やされて果てた。

俺のこれまでの独白を聞いて、なんて酷い仕打ちだと同情してくれる人がいるかもしれない。なかにはもっと強い感情を抱く人や、怒りのようなものが芽生えた人もいるだろう。三味線を作るのに猫の皮が使われていることを知らなかった人もいるかもしれない。

なんなら、稽古用の三味線は犬皮だ。音色のためとはいえ、皮まで剥がされて稽古用って、あんまりじゃないか。そういう気持ちは猫だった俺にでもある。

じゃあ、三味線の前身だという説がある沖縄の三線はどうだ。三線は蛇の皮が張られている。蛇だったら許されるのかという問いは、当然ある。牛や豚は食べてもいいが、海豚《いるか》は残酷だから食べてはいけない。動物の命に何の違いがあるのかが俺には理解できない。ニャー。

少なくとも、綱ポンにはなかった。綱ポンにとってみれば、生き物は生き物だった。捨て馬も捨て子も厳禁だった。人間だけに高い道徳心を要求した。後に様々な俗説が流布されて、綱ポンのやったことは悪政であったとされているけれど、俺たち猫はいまでもそうは思っていない。

ただ、綱ポンの政治は人間たちの持つ「穢れ」という概念を特定の職業に固定化させてしまったとも言われている。

例えば、猟師たちや俺たち動物の皮を扱う人たちをより卑賤な印象に誘導する結果となってしまった。

こういった差別は綱ポンだけのせいではないし、本来神仏に属する神聖なものだったこれらの職業が、都市の発展において、市民の抱く概念的な「穢れ」を外部化するための受け皿になったとする見方もあって、誰の責任とは言いきれないところもある。むしろ、市民が肩代わりさせていったとも言えるのではないか。それは形を変えながら、現在まで地続きだと思う。

年間二十万頭もの猫が殺処分されている現代はどうだ。

動物愛護ってなんだろうっていう問いもなく、猫だから可哀相とされたり、あるいはペットとして、野良として、人間の都合に合わせて社会から打ち捨てられたりするのならば、俺は生まれ変わっても、もう一度三味線の胴に張られて華やかな場所で鳴りたい。ニャー。

# 「市庭」

## 第三回「市庭」

完全なる二日酔いだった。

奈良の坊さんが造ったとかいういい感じの酒を、田の水が蒸発してぬらぬらと生暖かい空気が漂う昼下がりから飲みはじめ、ここのところは蝉が五月蝿いし、湿度は高いし、はっきりと不快だわ、やってられんわとやさぐれた言葉を脳内で連呼して、にっちもさっちもいかないこの世を丸ごと呪ってやろうかしら、あるいは舌を噛み切って、怨霊にでもなって夜な夜な位の高い人の枕元にでも化けて出て、不明瞭だけれども死ぬほど悪意を込めた造語や擬音語を呟き、何を言っているのかよく分からないがとにかく恐ろしいバケモノが出ると宮中まで噂を轟かせてやろうかしら、などと、黒々と濁って不貞寝するようなメンタリティを煮詰めていたのだけれど、そのうち、原材料が玄米だか雑穀だか知らないけれど、さすが坊さんの造った酒だよねと、違いの分からない俺でも感動するような口当たりにやられて、額の中心、一寸半ほど奥のあたりから徐々に脳がへらへらと溶けはじめたのだった。

酔いがまわりはじめたころは、まだ心地がよかった。

位も低いうえに教養もない、けれども、俺にだって歌のひとつくらい詠めるわいと下女を相手に、なんか夏って良いよね、蝉の鳴き声って儚いよね、それが沁み入るように田園に響く昼下がりって切なくていいよね、いとをかし、みたいな、そこそこイケてる感じの、平安時代にはまだ誰も到達していない侘び寂びみたいな最先端のフィーリング（松尾芭蕉よりも俺が先）を詠んで聞かせて悦に入っていたんだけれども、へらへらと溶解した脳が後頭部を経由して側頭部、頭蓋骨の内側の膜まで段々と広がって、僕たちはひとりじゃない、とにかく負けないで、君は君のままでいいんだよ、といった自己啓発セラピーのような、Ｊポップを蔑視して語る場合に標的にされるクリシェの上澄み、みたいな歌ばかりになってしまったわけなのだけれども、女がムチャクチャ感動して泣いているのでいい気分になって、そういった下らない言葉を量産しながら、ゆっくりと何かの底に沈んでいくように果てたのだった。

そこからの記憶が抹消されている。

で、気がついたら朝だった。全身に経のようでいて経でない、意味不明の象形文字のようななにかが、七五調のリズムで這いずり回ったように書きつけられた状態で、南側の庭に面した明かり障子の中段を両手で突き破るような形で眠る、というよりは気絶していた。

そして、空が薄ら白むころ、ものすごい雨音で目が覚めたのだった。脳の奥には何者かが神経細胞を絞り上げているような鈍痛があった。夜中にキーと、鵺《ぬえ》の鳴く声が聞こえたような気もする。

うわぁ、最悪。しかも、めっちゃ雨じゃん。

そういう当たり前のことを脳内で言語化した後、不意に尿意が襲ってきたので、俺は這うようにして厠へ行って用を足し、水を張った瓶に映る異様な姿の自分を見て、もう一度気絶しかけたのだけれど耐えて、耐えには耐えたが別の何かが込み上げてきたので厠へ戻って、「殺してくれ」と呻きながら吐いた。

これで何度目か。何度も痛飲し、その度にもう酒は飲むまいと心の奥底で誓うけれど、翌々日の真っ昼間の蕎麦屋か何処かで、瓶ビールを頼んで焼いた鴨をつついてしまう。誰だよ、芽の出た麦を発酵させて炭酸仕立てにしたヤツは、天才だな、とか感心しながら日本酒を追加で注文し、そのまま二軒目、三軒目と流れて、厠で「殺してくれ」と呻く。そういうことを繰り返しているロックミュージシャンのようではないか。阿呆か。というような後悔の念に溺れた。だが溺れているのは水ではなくて、感情であって、もちろん比喩表現であるから、溺れても死ねなかった。

昼になって急に晴れた。

俺はまだ後悔の念に浸かっていた。水位は膝丈くらいだった。

こういうことを言うと、お前はもう夕方くらいには飲み直す気でいるではないか、というツッコミもあるだろう。だが、勘弁して欲しい。膝丈くらいの水深でも人間は溺れてしまう。些細な後悔を一生抱えて生きて行く人間もいる。誰かにとっては膝丈でも、ある人にとっては伊豆小笠原海溝なのかもしれない。だから、後悔の深さで人の反省度合いを測らないで欲しい。頼むよ、そこのところ。そんなことを呟きながら、俺は部屋に転がっていた酒器に残った酒をグビリと口に含み、エイヤ迎え酒と気合いで飲み干して庭へ出、ヌグワと奇声をあげて腰を抜かした。

腰が抜けてしまったのは他でもない、俺の荘園から虹が出ていたからだった。

大雨が急に上がった後の快晴、それはとても気分のいいものだ。そこに立ちのぼる七色のアーチ。本来ならば、二日酔いなどズバコーンと冥王星あたりまで飛ばしてくれるはずだった。

ただ、その虹が俺の荘園から立ちのぼっているとなると話が変わってきてしまう。なぜか。そこに市庭を建てないといけないからだ。

昔から虹の袂となる場所は、神とか仏とか、とにかく人智を超えた神聖な場所であると同時に、あの世とこの世、聖なる世界と俗世間との境目だと考えられていた。他にも、河原、川の中州、浜、坂、そういう海や川と陸、山と平地といった境目にあたる場所に市庭が作られ、交易の場となっていた。

例えば、ご近所さんからなにか良い感じのハムみたいな塊の肉をもらった場合、それに見合うなにかを贈り返すと思う。これを怠るとハブ、つまり村八分にされたり、場合によっては石を投げつけられたり、大音量の音楽に合わせて布団を叩いてオリジナルの嫌がらせソングを歌われるなど、精神的な暴力を浴びせられることが現代でもあると思う。翻って、贈与・互酬関係、贈り物によって人と人の関係や結びつきは強まって行く。そういう人間の、面倒だけれどもどうにかやっていくしかないような営み、習慣。あの世とこの世の境目は、それが切れる場所でもあった。

そして、そうした場所では、婚姻関係とか、世俗的な縁もバッサリと切れてしまう。法も。これは本当に恐ろしいことだ。

そして、市庭には天皇や神仏の直属民がどっさりと集まってきて、商売をはじめる。芸能や博打もはじまる。

当時の商人、同時に職人でもあった彼らは、聖なるものの奴婢、奴隷って言うと言い方が悪いけれど、そういう属性だった。神仏に従属していた。だから、危害を加えたりしようものなら、とんでもない神罰が下る。つまり、アンタッチャブルだった。

自然に手を加えることや生や死に対する畏怖が強かった時代に、それを担う、引き受けるような立場の人たちは、実にマジカルな存在だった。マジで軽いとかいう意味ではなくて、神秘的だった。ついでに、分かりやすく形相も異様だった。よく分からない棒、としか言いようのないものをぶら下げているヤツもいたし、大人でもない子供でもない、聖なる者とザ・俗世間的な存在の間であることを強烈にアピールするような奇抜な格好をしていて、はっきり言えば気味が悪かった。

そういう人たちがわらわらと集まってくるだけで恐ろしい、という俺の気持ちが君に分かるか。分かるまい。

実家のジイさんのところの田んぼにイオンのショッピングモールができる、とかいう事象と比べてもらっては困る、マジで。俺の荘園の一部が無法地帯になるのだ。はっきりと怖い。飲むしかないだろう。

ということで、俺は抜けたままの腰を上腕の筋力だけでどうにか引きずって、昨晩の酒器が転がっているところまで這って行って、酒を呷った。グビビビ、と。ついでに屁もこいた。

そういえば、かの藤原道長公の邸宅にも虹が立ち、そこに市庭を建てたという。あんなに身分の高い人でもそうしないといけなかったわけだから、俺のような位の低い人間がこういった習慣を回避できるわけがない。参った。どうしよう。

## 第四回「市庭②」

った。

　俺の荘園から虹が立ったことは、その日のうちに荘内の百姓たちの知るところとなった。

　ところが、俺の慌てふためき様とは対照的に、百姓たちがえらいこっちゃと慌てている気配は微塵もなく、どちらかというと浮き足立つ精神を気取られまいと打ち消している様子で、内心では市庭が建つことであたり一帯の物流や交易が盛んになることを喜んでいるに違いなかった。

　俺は芸能や博打を含めた市庭興隆のおこぼれに与《あずか》ろうという百姓たちの魂胆を想像し、奥歯の凹凸がなくなってしまうほどの力を込めて、歯ぎしりをしたのであった。ガグラギゴギゴガボギギギーンと、万力で固い豆を潰すような異音が頭蓋に響いた。

　そうした農人たちの魂胆がまったく気に入らなかった。けれども仕方がない。なぜなら、彼らが束になると結構怖いのだ。

　現代人の君たちは荘官であるボクチンがデタラメな重税とか賦役を課して彼らを扱き使っている、というような偏見を持っているかもしれないけれども、それは違う。確かにまあ、貨幣や酒なんかを貸し付けたりもするので、返済を催促する必要がある場合には偉そうに小突くこともあった。けれども、なかには反撃されたら死ぬかもしれないような屈強なヤツもいた。だから、俺は人によって態度を変えていたし、基本的に彼らと俺は上意下達の関係にあるわけではなかった。それどころか、正月の宴席で酒や肴を出し渋ったりするだけで追放されてしまった荘園領主の例もあった。農人たちと上手に付き合って租税をきっちりと納めさせ、国司に送ることも俺の仕事なのだ。

はぁ……。しかしまあ、あれだ、溜息ばかりついていても仕方がない。

恐らく一か月もすればわらわらと、商売や職人としての技能を持った神人《じにん》、神社仏閣の奴婢といったアンタッチャブルな人たちがやってくる。神人のみなさんが怒って暴れて狂ったりしないように、酒や豆腐などの肴を用意して、彼らを迎え入れる宴の準備をしなければならなかった。

そして、その前に、俺は田舎の下級役人であるからして、上には当然領家と言われる荘園の所有者がいて、また、その上に名義上の所有者である本家という上級役人がいる。そうした貴族たちに、荘園内から虹が立ちのぼりましたんで市庭を建てますよー、すごいですよー、自慢できますよーと、持ち上げてはいるが内心ではものすごく軽蔑している、ということがバレない程度に、ナチュラルに媚び諂った絶妙な文章を書いて、経緯を報告しなければならなかった。

なんだか悔しい。と言うのも、このあたりは先祖が開墾した田畑ではあったけれども、時代の流れには逆らえず、俺の爺様の代から位の高い役人に土地を寄進して、我々は荘園を管理する役人になった。それは租税を減免してもらうための知恵であったのだけれど、腹の奥底に、なんだかしっくりきていない俺がいた。貴族の領地になることで納める税を少なくしよう、お互いウィン・ウィンですぜグヘへ、というような卑しい根性の為せる方策だと思う。

まあ、爺様の卑しさだけを濃縮還元して隔世遺伝させたような、卑しさ一〇〇パーセントの俺ではあるけれども、進んで誰かの子分になってへらへらと笑いながら、だってそっちのほうが効率良いじゃなないですか、コストも減りますし、みたいな考え方は率直に気に食わない。

確かに、長いものに巻かれたほうが結果的に徳だよね、っていう性分を農人たちが少しずつ持ち寄って、俺の荘園は成り立っているわけだけれども、そういった根性が一か所に集まるとヤバいのは当たり前で、そのせいで貴族とか神社仏閣とかクソ田舎の豪族が偉そうにしているし、農人たちは権力に巻かれたふりをして、内心では軽蔑して租税をごまかすことばかり考えている。仕えているのは上辺だけだ。

こんなことをしていたら国が荒れる。投票率五〇パーセント以下で首長や国会議員が決まるような、冗談みたいな国になってしまうかもしれない。事実、租庸調みたいな租税制度はこのころにはムチャクチャになってしまった。

とりあえず、俺の荘園の一部は虹の袂になったので、土地は私有の域を離れて、共同の場所である「庭《ば》」になった。というか、なる予定だった。

「庭」と書くと縁側とか、池だとか鯉だとか、妙に心に響く枯山水だとか、お金持ちの家の庭とかを想像すると思う。けれど、当時の「庭」というのは最高権力者に直結する場であった。「朝廷」も本来は「朝庭」で、天皇が口頭で裁決をし、命令を伝達する場のことでもあったのだ。つまりその、いろいろな階級をすっ飛ばして、「庭」と言うとんでもない土地が立ち上がるのだ。

このままなんとなく俺の荘園の一部だけが市庭になるのは、ある意味では光栄なことだけども、やっぱり納得がいかない。そういえば、虹の立ちのぼったあたりは隣の荘園とも接している。虹なんていう現象はその袂がはっきりしているわけではなくて、なんとなくあそこらへんじゃないかっていうくらいの認識だし、隣の荘園に全部なすりつけてもいいんじゃないかと俺は思った。

けれども、一粒もこぼすことなくおこぼれに与ろうという農人どもが結託して暴れても面倒だし、それを本家の貴族に言いつけられても困る。ここはひとつ土地の半分とは言わずとも何割かを請け負ってもらうのがいいのではないかと俺は考えて、家人《けにん》を連れて隣の荘官、通称「丸山女房」という後家を訪ねたのだった。

「すみませーん。あのー、お宅の荘園とボクチンの荘園の真ん中にですね、あなた様もご存じのように虹が立ちまして、えー、つきましては古くからの習慣に基づいて市庭を建てることにしました。ご協力ください」ということを、俺は真っ先に伝えたかったのだけれども、「真ん中」というのははっきりと嘘なので、先方の機嫌を損ねてしまう可能性が高かった。ところが、こういう場合は半々くらいのニュアンスではじめないと、こちらの主張は捏造であるからして、いくらかの土地を共有してもらうことは実現しないだろう。交渉は強めでスタートして様子を見て引くに限るからだ。

しかし、まあ、どうしたものか。やはり、こういうときは不躾にこちらの要望を伝えるのではなく、まずは歌でも詠んで贈るのがいいだろうと俺は考えた。そして、昨夜、下女たちがおいおい泣いて感動したような「君は君でいいんだよ」という意味の、耳触りがいい言葉を適度にブラッシュアップさせた歌を詠み、本題に入る前の枕のような文章に仕立てて家人に届けさせ、門のところで返事を待った。

しばらくすると家人が戻ってきた。手には短冊を持っており、そこには「夏の日差しは失くしたものさえも焼き尽くすようだけれども、夕暮れには時おり寂しくなる」という意味の歌がすらすらと、しなやかで美しい筆跡で書かれていた。

俺は心の底から感動した。内容もさることながら、その筆跡に心打たれた。さぞかし美しい人に違いないと想像し、股間のあたりが熱くなった。だが、同時に後悔の念も押し寄せてきたのだった。なにしろ、一通目の内容が中途半端というか、なんとなく歌ってこんな感じだよねという定型にハマりつつ、書き方や言葉遣いだけが難しい、共感を狙いつつスノッブ、というようなJ-POPをこじらせたような歌であったからだ。一通だけで、歌もまともに詠めない馬鹿だと思われたら困る。

そこで俺は、自分の持ちうる技術と語彙とフィーリングを掛け合わせて「虹が立ちのぼるような、この世とあの世の間のような場所であなたと歌を詠み交わせたらどんなに幸せだろう」という意味の歌を詠み、本題である市庭の件についての書状と共に家人に持たせたのだった。

## 第五回「市庭③」

「水面に溶け落ちてしまいそうな空の青さも、決して海の青さとは混じることはない」

という歌が、丸山女房から送られてきたのは翌々日のことだった。

まあ、ざっくりと、この歌は交渉の余地がないことを指し表しているわけだけれども、案の定、続く本文には「虹は明らかにそちらの荘園から立ちのぼっていたので、こちらの田畑は一歩《ぶ》も差し出すことはできません」と、例の美しい筆跡で書かれていた。

門前で丹精を尽くして詠んだ俺の歌も否定され、プライドはズタズタ、本来ならばその場で書状を破り捨て、ムキーっと唸りながら酒でも呷って憤死し、そのまま地縛霊となって末代まで祟ってやりたいという気持ちになったが、あまりに筆跡が美しく可憐で、否定的な内容にもかかわらず麗らか、みたいな、そういったアンビバレントな魅力が感じられ、また、どこか心の奥底の、生来の獣的欲求に訴えかける淫靡なエネルギーが宿っており、俺の股間はまたしても熱くなったのだった。タナトスをエロスがグイングインにオーバードライブして、死、どころかビンビンの生、というよりも性であった。

仕方がないので、荘園内の農人たちに市庭用地として約一町の田畑を埋め立てるなどして整地する旨を伝えた。ところが、農人たちは形式上の奴婢であるにもかかわらず、こういう場合の要求だけは強かに行うのであった。こちらが市庭を建てねばならない義務を背負っている（虹の袂はあの世とこの世の境目であるため、無視すればどんな神罰が下るか分からない）ことを承知の上で、意図的にごねて、ごねて、ごねくり倒して、やれ租税を減免しろだとか、やれ酒を出せだとか言っている。そのくせ内心では市庭の恩恵を期待しているのだ。

なんだコイツらは、むちゃくちゃ卑しいじゃないか。豚みたいな顔をしやがって、馬鹿野郎。俺の腑《はらわた》は煮えくり返って沸騰、その熱で日本酒度が低めの甘口純米酒を熱々燗にして、狸の味噌煮などを肴に一升くらいグビグビと飲み散らかし、各家の軒に派手に嘔吐して回ってやろうか、と憤ったのだけれども、多勢に無勢、反撃されたら大変なことになるのでやめておいた。

「あー、うん、えっーと、税の全体的な減免はものすごく困るんですね。なので、租庸調の庸の部分、ボクチンのところは皆さんも知っている通り、京での賦役の代わりに絹布を納めてるんですけれども、それをなんとかさせてもらいます。え、足りない？ほう。それならばですね、ちょうど先週末に奈良のほうから坊さんが拵《こしら》えたいい感じの雑穀酒と、『酒泥棒』なんていう別名を持つとか持たないとかいう豆腐の味噌漬けが手に入りまして、簡単ではありますが酒宴を催しますので、それで勘弁してはもらえないでしょうか。ええ、そしたら、そんな感じで、お願いします」

嗚呼、クソ百姓め。

そこからは驚く間もなく、市庭作りが進んでいった。

夏もたけなわ、鮮やかな緑が風に揺蕩《たゆた》い、久々に黄金輝く実りの秋を近い将来像として浮かび上がらせていた水田からは水が抜かれ、淀みなく張られていた沢の水が照りつける太陽の熱で干上がるのを待って、人工の細い水路にたむろする鮒の稚魚やオタマジャクシもろとも、山から運ばれた土砂で埋め立てられた。畑は平に均され、踏み固められた。もちろん、こういう自然を破壊するような作業は普通の人間が行うと恐ろしい神罰が下ってしまうので、神仏の直属民である庭師たちの指揮のもと行われた。敢えて擬音で表すならばヌハァーンという感じで、二週間ほどで滑らかに更地が完成、随時、わらわらと商売を行う神人や遍歴する人々が方々から集まってきて、茣蓙《ござ》やむしろなどを敷いて商売がはじまり、直に柱を打ち立てるなどして、少しずつ華奢ではあるが建物も現れ、次第に儲けた金品で大工などの技術者を呼び寄せる者もあり、更地は半年くらいかけて徐々に立派な市庭になっていった。

こうなると話が早い。芸能民なども方々から集まって一層賑やかになった。

俺もまあ、以前から荘園経営の先行きに不安を感じていて、なんというか、インターネットのアフィリエイトみたいな、虚業と呼ぶしかない方法で金を稼ぎ、それをネタにテレビや雑誌での露出を増やして自尊心の塊のような馬鹿をかき集め、こんなんしたら秒速で一億円稼げますよーというキャッチコピーで虚業を真似したいヤツのためのセミナー、つまり虚業のための虚業みたいな商売でもって利益をパンパンに膨らませ、とにかくタワー、やっぱ塔だよねって感じのマンションに住んで夜な夜な虚栄心を顔に厚塗りしたクソ女に一物しゃぶらせてシャンパンでも飲みたい、そんな妄想に駆られもしたが、それは人の道から外れる行為なので、蚕の飼育設備を拡張して本格的な絹糸の生産に着手したのであった。結果、これが後に大ヒットした。

元来、ここら一帯は稲作をするには風の強い地域だった。稲というのは風に弱い。そういう土地の性質は養蚕業には適していた。風通しの良さが蚕の生育を助けるからだ。地の利が俺の味方だった。加えて、偶然に見つけた突然変異体と思わしき端麗で緑がかった糸を吐く蚕の増殖に成功し、稲作などの農耕をしなくても、金銭で調達した品物で租税の全てを支払えるようになるほど儲かったのであった。農人たちも次第に田畑を桑畑や養蚕の施設に変え、このあたりは市庭と絹の村へと変貌を遂げた。そして、市庭は交易の場として、街と呼べるまでに発展したのだった。

それからは、生活に不自由はなかった。富はある。俺も、百姓たちも以前の何十倍も豊かになった。それでも、どこか満たされなかった。なんでもあるけれど、なにもない。心の真ん中にぽっかりと空洞が空いているような気分だった。退屈だった。村上春樹の世界観はまだ用意されていなかったが、井戸を掘って入ってみたりもした。「やれやれ」と呟いてみたりもした。でも、何も変わりはしなかった。

ある時期には、敢えて着物の裾を破くなどしてわざわざ小汚い格好をしたり、「こんにちは、こんにちは、気分は最低」という意味の歌を大声で詠んでみたり、精一杯に傾《かぶ》いた振る舞いをして己の胸の内に旋律をつけて叫んでみたところ、街中で評判となった。フォロワーまで現れた。けれども、ちっとも幸せではなかった。牛の肛門に顔突っ込んで窒息死、というような奇妙奇天烈な自死の方法を考えたりもしたが、実行には移せなかった。そこらの山々に自生している大麻草を乾燥させ、燻した煙を吸って理由のない不安を和らげながら、やがて訪れるはずの寿命が尽きる瞬間を指折り数え待つようにして暮らした。怠惰、そのものであった。

そのような体たらくを見かねて従兄弟の西門がやってきたのは、繁忙期であるお盆も過ぎ吹き抜ける風も秋に手がかかるような晩夏の、昼下がりのことだった。

# 第六回「市庭④〜私度僧〜」

西門は僧侶であった。ただし、僧侶とは言っても官許、政府の許しを得ていない私《し》度僧《どそう》だった。

当時の政府は建前上、人々の勝手な得度（僧侶になること）を禁じていた。なぜかと言えば、僧尼たちは租税を減免され、賦役も免除されており、自由な出家を許可すればセコい平民たちが脱税のためにわらわらと仏門に入ったふりをするに決まっているからだった。俺も僧侶、お前も僧侶、アイツは尼で、コイツも尼、尼、尼。租税って何ですか。食べられますか。そこら中が坊主だらけになるだろう。そうすると、律令制度がムチャクチャになって国家の権力が弱くなってしまう。だから、僧侶になるには国家の許可が必要だった。試験を受けたエリートだけがその資格を得ることができたのだ。

でも、それってなんだかおかしいよね。そう考えた人が少なからず存在したことは容易く想像できよう。

信仰は国家が権威を振りかざして完全にコントロールできる性質のものではない。仏道に入るのに許可がいるだとか、官学的な学びが必要だとかいう状況について、どうして自分が信じて学びたい道を国が閉ざすのかという不満を持つ者がいるのは当然だった。だから、禁止されてはいたけれども、私度僧はそこそこに居たのであった。罰せられて島流しなどに処される者もいれば、野放しの者もあった。

　西門もそのひとりだった。

　西門は一言で表せば不遇、顔面が美形という以外はアンラッキーを甘辛い醤油ダレで煮詰めたような生い立ちであった。不幸の佃煮だった。俺と同じく、田舎の小さな荘園領主の元に生まれた。三男坊だったが、ふたりの兄は病弱で、西門が生まれてすぐに死んでしまった。母親は兄弟の死を気に病み、もともとセンシティブだった性質に拍車がかかって発狂、屋敷から隔離された山小屋に幽閉されて自死した。間もなくして縁付いた継母はとても身体が丈夫で、ポコポコと四男三女の子宝に恵まれた。そして嫡子である西門を疎ましがった。死んでしまえとさえ思っていた。コソコソと毒を日々の食事に盛った。

　実の父は能天気で、そんな後妻の謀略にはまったく気がついていない様子だった。あるいは、気づいていないふりをしていたのかもしれない。擁護してくれる勢力はなかった。西門が頼ることができるのは乳母だけだった。自分の心と身体は自分で守る以外になかった。ステンレスのような精神を身につけるしかなかった。とっかかりになるような凹凸には、紙ヤスリをかけた。ツルツルのピカピカになるまで。侵入する全てのノイズをつるりと受け流す、傷ひとつない完全な球体。そんな精神と肉体と話法を命懸けで獲得したのだった。以来、誰も本来の彼を捉えることができなかった。ほとんど空気そのものだったとも言える。ゆえに、殺されることもなかった。

成人する直前になって、西門は死んだ母親の血縁を頼って寺院に身を寄せた。そこで仏教の教典に出会った。小難しい漢文など読めるわけがないと思っていたけれど、なんだか読めた。不思議なことに、グイグイと読めてしまった。天啓だったのかもしれない。書いてあることの意味は分からなかったが、鏡のようになるまで磨いたステンレス製の精神に、経文が一文字一文字浸透していくようだった。あるいは焼き印を押されるようだったと比喩されるべきだったかもしれない。知らんけど。とにかく西門は、自分がなんらかのメッセージを受け取っていることを言語中枢ではなく感覚で理解したのだった。凝り固まった精神の球面はみるみる柔軟性を獲得し、次第に弾力を得るようになっていった。

そしてある日、突然、細部まで完全に読めたのだった。理解したのであった。ふぬ、みたいな音を鼻から抜いて、そっと屁をこいて、吸って、アホンダラとひとり呟き、誰にも知らせずに寺院を出たのだった。

それからは流浪の日々だった。山に籠っては人里に出、説いて説いて、また籠って、あるいは潜って、出、そして説いた。説法にはステンレス時代に身につけた話法が役に立った。鏡のように相手の感情の機微を映しながら、変幻自在に形をかえて、聴衆の心の凹凸にまで言葉を行き届かせる術を自然と発動させることができた。それは不遇時代に培った能力と、天性の才が融和した技術であった。行く先々で妙な熱狂を獲得した。神仏に携わる者以外が禁忌とすることも進んで行い、人々を助けもした。

そのような活動を広く行っている私度僧が朝廷に発見されるのは、わけもないことだった。ウチのシマで勝手に何をさらしてくれてんねん、という感じで引っ捕まえて遠流、島流しじゃボケと息巻く役人たちがやってきた。ところが西門は、逆に彼らを心酔させてしまった。

「お巡りさん、ロックンロールを聴いたことはありますか。例えば、あのような性質の音楽を鳴らすのに公立の専門学校で授業を受け、かつ、ペーパーテストに合格して資格得る必要があったらどうでしょうか。がっかりしませんか。なかでも、パンクロックというのはサーチ・アンド・デストロイですよね。あるいは、革新していくことでしょう。資格とか権威とは無縁であるべきだ。アウトサイダーの藝術なのです。免許がいらないのは自明です。馬鈴薯《ばれいしょ》はジャガイモです。例えば、ラーメン二郎のインスパイア系の店あるでしょう。店員たちは誰もこってりラーメンの資格免許をもっていません。もやしを山盛りに盛って、ラードみたいなアブラをぶっかけて、ニンニクいりますかって訊ねるのに資格が必要だったら、お腹一杯に麺を啜りあげたいキッズたちはどうなるでしょう。店主が資格を取るまで待っていろと言うのでしょうか。それは無理でしょう。荒れてしまうでしょう、街が。街というか、地球が。ジ・アースが。どうするつもりですか。守れるんですか、お巡りさん、地球を。止められますか、隕石を。エアロスミスが主題歌になりますよ。アルマゲドンですよ。それと一緒ですよ、原付免許も」

というようなことを無免許運転発覚時に熱弁したら、恐らくむちゃくちゃ怒られるだろう。けれど、このような屁理屈も西門にかかれば真理のように響いたのだった。文字通りのすごい技術だった。恐ろしい業だった。ゆえに西門は弾圧されることなく、僧侶として振る舞い続けることを黙認されたのだった。

そんな西門が我が家へやってきたのはなぜか。それは俺が荒み狂っていたからだった。街中で絶望を叫び歌う者がおり、その斬新な手法によって若者を中心にフォロワーを大量発生させている。このままでは市庭はおろか周辺の集落、まわりの荘園もろとも荒みきってしまうのではないか。昼間っからフラフラしている若者ばかりになってしまうのではないか。匿名のアカウントで日々の鬱憤や退屈を他人への誹謗中傷に転換して電子世界《インターネット》に吐露する、それだけが生き甲斐であるかのような迷える魂が増えてしまうのではないか。そうした予感が西門をこの地に呼び寄せたのだった。そして、市中を歩いて原因を探ってみると、どうやら従兄弟である俺だったと、そういうわけだった。

# 第七回「市庭⑤」

俺の精神を荒ませたのは恋愛への執着であった。

なんだよ、中学二年生かよ。そういったシンプルな雑言を投げつけてメンタルを弱らせてやりたい、などと思う人もいるだろうが、乱暴な言葉は引っ込めていただきたい。彼《か》のニール・ヤング爺（とは言っても俺より年下だけれども）もこう唄っているではないか、「オンリー・ラブ・キャン・ブレイク・ユア・ハート」と。愛だけがお前さんをぶっ壊すのだと。恋の悩みは時代を問わず普遍的なのだ。

当時は、現在のように自由な恋愛が認められていない時代だった。村の長老やら、家長によって相手を決められてしまう場合がほとんどだったのだ。無粋な神経が外見にまで染み出た醜男に嫁がなければならないこともあっただろうし、屁で空を飛ぶような醜女を嫁に貰わなければ家の存続がヤバい、なんていう立場の者もあっただろう。想いを寄せる人が居たならば、余計に悲しい。運命に逆らうには山奥の沢の淵に入ったり、舌を噛み切ったりして自ら命を断つか、あるいは身分もすべて捨てて、どこかへ逃げ延びるしかなかった。

だが、俺たちには歌垣があった。

歌垣は男女が寄り合って歌を詠み交わす催しだった。それは俗世間との関係が切れるとされていた山頂や河原、浜辺といった神聖な場所で開催された。

世俗的な柵《しがらみ》から解放されるということは、自由な恋愛が許されるということだ。想いをどれだけ寄せても決して結ばれるはずのないふたりが歌を詠み交わし、束の間の恋愛を楽しむことだってできた。「運命には逆らえないけれども、夢で会いたい。なんなら連れて帰りたい」みたいな歌を人妻に向かって詠むことも可能だったのだ。

もちろん、この世とあの世の境目に建つ市庭も例外ではなかった。

歌垣が我が家からほど近い市庭で催されるというのならば、参加しない手はない。以前は何里も離れた山の頂上まで徒歩で行かねばならなかった。まあ、それはそれで楽しかったのだけれども、俺は根っからのインドア派で、農作業も含めて、アウトドア的な行事が大嫌いだったのだ。例えば、フジロックフェスティバルに友人と出かけたのに、ゲートからほど近い飲食エリアで一日中過ごして近くのステージから漏れ聞こえる音楽だけで満足する、みたいな人ははっきりと奇特だけれど、俺はというと、苗場プリンスホテルから一歩も出ないでテレビを観ているというような人間のひとりであった。

そのような物臭人間であるからして、歌垣における自由恋愛から得る恍惚感と、登山での肉体疲労による苦痛のバランスが取れていなかった。豪雨のなかでビョークのコンサートを観るというような状況になった場合、完全に負が勝ってしまって、ビョークのパフォーマンスがどれほど秀逸だったとしても、それを素直に喜べなかった。「やっぱり苗場は雨だよね」。うるせえ、ブス。山ガールは嫌いだったし、もちろん森ガールも、モリアオガエルも嫌いだった。

単に歌を詠むことが好きで、自分には感情を言葉によって発露させる才能があるのだという自己評価が、俺を遠方の歌垣に向かわせるのだった。俺が詠んだ歌を聞いたまわりの男どもが押し黙り、掛け合いのなかで次第に態度を軟化させていく女たちの様子がたまらなかった。けれども、正直しんどい、足痛い、近寄って見たら害獣のような顔の女だった、呪われる、などと帰りには弱音と罵詈を電気ミルミキサーのなかで粉々に砕いて、そこに牛乳とバジルを入れてよく混ぜ、ほうらこんなに簡単にパスタソースの出来上がりです、というようなことを嘯いて、深夜のテレビでアメリカ風のショッピング番組を放送してみたいと思うくらいに荒んでしまうのだった。

自分が経営する荘園から虹が立つということは本当に衝撃的なことだった。驚きを通り越した憤りや嘆きは随分前に述べた通りなので割愛するけれども、内心では歌垣がはじまったらいいなぁと、スケベ心が丸出しになりそうになって、それを必死に堪えていた。田畑をこそげ取られることに対する不満を露にして、精神が勃起していることを覆い隠していたのだった。実際はギンギンであった。

そうこうしている間にも、市庭は着々と準備され、発展していった。ほとんど町、という状態になるのにそれほど時間はかからなかった。わらわらと人々が集まって、次第に様々な商売が始まり、金融業などを行う集団も現れた。

そして、市庭の北側の突き当たりにあるヌルっとした丘陵の、見晴らしの良い場所で歌垣が開催されたのだった。荘園に虹が立った翌年、繁農期前の春先のことであった。

そんなもの喜び勇んで参加するに決まっているではないか。

居ても立っても居られないという表現があるけれども、この言葉のすごいところは「居ても」ではじまって「居られない」で終わることで意味のよく分からない感じが演出され、「居」の字が二度登場することによって視覚的な暑苦しさが付与されている。そうした効果によって、本当にどうしようもないんだなと我々は感じるわけなのだけれども、歌垣の開催を知ってからというもの、俺は正に居ても立っても居られないという状態だった。

落ち着きなく縁側と庭先を行ったり来たりした。それは、ほとんど踏み台昇降という有り様だった。

また、無意識に立ったり座ったりも繰り返した。さながら、スクワットのような速度であった。

結果として、ハムストリングから足先までの筋肉がムキムキになった。体脂肪率が五%くらいの、ほとんどマラソン選手のような体つきになってしまったのだった。「怠惰」と刺青を入れてやりたいくらいにたるんでいた腹を割いた先の、内蔵にへばりついた脂肪も燃焼させられて、腹筋は軽く六つから八つに割れていた。

落ち着きのなさも窮めるとダイエットになるという大発見だった。現代ならば数冊の本を出版して大ヒット、自前のスタジオを東京都渋谷区の繁華街に借りるなどして、豪奢なディナーやランチを食べながらも痩せていたいと願うセレブリティを相手にひと儲けできたかもしれない。

## 第八回「市庭⑥」

贅肉の削ぎ落とされた身体を突き抜けて回想されるのは、丸山女房の美しい筆跡だった。

虹が荘園から立ちのぼった後、心の底にセコさの滓が沈殿している俺は、隣の荘園領主である丸山女房という後家に、「あなたの荘園と私の荘園の境目から虹が立ちのぼっていましたよね」という言いがかりをつけて、市庭を設けるために没取される田畑を狭めようと画策した。

完全な虚言だったのであっさりと見破られて失敗に終わったのだけれども、書面のやりとりのなかで、俺は彼女の妖艶な筆跡に感動して、脳天から一物の先まで電流が突き抜けたのだった。美貌と教養を持ち合わせた才女を想像して、ギンギンに欲情したのであった。

そして、俺は歌を詠んで未だ見ぬ彼女に贈った。

現代語に直訳すると、「虹が立ちのぼるような、この世とあの世の間のような場所であなたと歌を詠み交わせたらどんなに幸せだろう」という意味の歌だった。もっと分かりやすく言い換えると、市庭で開催される歌垣であなたに会って、なんなら恋仲になってチョメチョメしたい、という遠回しの告白だった。ど真ん中に直球を投げ込むような、直情的な想いではあったが、語彙と比喩の技術で芸術にまで高めた渾身の詩歌だった。

そして、この歌に対して彼女は、「水面に溶け落ちてしまいそうな空の青さも、決して海の青さとは混じることはない」という意味の歌を返してきたのだった。

どこかの半島の先の、いい感じに浦に突き出た小高い場所から、俺は海を見ている。空には雲ひとつなく、膜でも張ったように透き通る青空が広がっているが、遠く外洋へと続く先は海面からの柔らかい蒸気によって薄らと霞んでいる。足元の海は空の淡い青を映すようではあるけれども、実際には空より幾らか濃い。それでも太陽の眩しさと水蒸気が水平線を溶かして、ふたつの青さが溶け合うような錯覚を覚える。とは言っても、空と海が交わることは永遠にない。青さの源が同じであったとしても、だ。その隔たりのことを考えると、なんだか胸が締めつけられる。って、切ない気持ちに浸かってカタルシスを味わっている場合ではない。完全に振られてしまったではないか。

俺はむちゃんこ悲しかった。

大相撲春場所。千秋楽の一番に勝って八勝七敗とした前頭七枚目の爆斬砲《ばくざんほう》は、所属する部屋に戻って親方やおかみさん、兄弟子や弟弟子たちから労をねぎらわれていた。来場所は幕内上位での活躍が期待され、いよいよ大関や横綱との対戦も組まれるだろう。長らく関取がおらず凋落するばかりだった相撲部屋にとって、彼の登場は希望そのものであった。だが、この日はどういうわけか運が悪かった。祝賀会を予定していた料亭が食中毒を起こして、今朝から営業停止になってしまった。そして、仕方がなく夕食の買い出しに向かった新弟子たちが、今度は代金を持ったまま実家に逃げ帰ってしまったのだった。祝いと激励の席は盛大な宴になるはずだったが、ちゃんこがなかった。鍋内の空間は無だった。このような物語から、明治時代に生まれた副詞が「むちゃんこ」である。

そういった出鱈目を考えて流布してしまいそうなくらい俺は悲しみ、その悲しみによって錯乱したのだった。彼女の美しい文字が毎夜紙から浮き上がり、ぬらぬらと蛇のように俺の身体を這って締めつけるのだった。命までは奪わない強さなのが歯痒かった。むしろ、生がギラギラと掻き立てられるのだった。

胸が締めつけられて痛んだり、緩んだ涙腺が鼻先をツンと刺激したり、落ち込んで立っていられなくなったりするのは身体があるからだ。感情、つまり心の有り様なんていうものが精神だけで発露されている状況を俺は知らない。悲しい、と思うのと同時に、あるいはそれ以前に、身体は悲しいというシグナルを発している。というか、それ以外に悲しいという心情を知覚する方法はないだろう。

俺たちのフィーリングの一切合切を担保しているのは、この愚鈍な肉の塊で、感情よりも速度が鈍いと思われがちだけれども、この細胞の集合体こそが、最高速度の、生、だ。

俺は全身で落胆し脱力したが、半面、一物の付け根のあたりで欲望し続けもした。なんだかよく分からないが、死にたいなんていう言葉を吐けば吐くほどに、余計に生きてしまうのだった。ビンビンの負の感情はビンビンの生命であることの比喩だった。感情の媒体としての全身が、生きるということを文字通り体現してしまうのだった。人間を丸出しにした馬鹿野郎であった。

歌で傷つけられたプライドは歌で癒したい。そう考えることに何ら違和感はないと思う。いや、むしろ同じ方法で傷つくのは避けたいと考える人が多いのかもしれない。だが、俺は心の底から、歌を詠むことによってちやほやされたい、女にモテたい、チヨメチヨメしたい、略してチヨメりたい、そんな気持ちで一杯だった。渾身の詩歌を否定されたことの反動で、承認欲求の塊であった。

そんな俺に歌垣は打って付けの舞台だった。

歌垣に参加するには、それなりの準備が必要だった。なるべく整った恰好で参加するのはもちろんのこと、誰と参加するのかということも重要だった。

このように書くと、誰かとつるんでいないと不安になってしまう臆病者、などといった罵詈を、ストレスでどうにかなってしまった動物園のゴリラが投げる糞のように投げつけてくる人がいると思う。けれども、数人が連れ立って参加するのが一般的な場所にたったひとりで参加するほうが悪目立ちするし、利己的な感じもするし、実際に恋愛の成功率が低かったのだということをご理解いただきたい。

もともと歌はひとりの人間が詠むものではなくて、集団のなかで歌われるものだったのだ。そういった歌本来の性質にも関係しているのだ。

俺には仲間を探す必要があった。

## 第九回「市庭⑦」

カラオケ店で行われる合コンに参加する場合、どのような人選がベストなのだろうか。

そのような問いは普遍的なものだ。カラオケ店での歌唱という行為が人体にとってとてつもなく有害で発癌のリスクなどが極端に高まり、高血圧、痛風、頻尿、下痢、腰痛、イボ痔、肥満、ありとあらゆる病害を誘発するということが科学的に証明されるなどして、条例でカラオケ屋の営業が禁止になったり、それでも営業を続けている闇カラオケ店舗がPTAの焼き討ちにあったりしない限り、男女の間で問われ続けてゆくだろう。

西暦三二一四年は午年《うま》であるが、干支のような風習とは関係なく、複数の男女が集まって歌唱するときに発生する人選についての悩みは尽きていないはずだ。ここに予言しておく。

まあ、普通に考えて、まずはそこそこに容姿がイケているヤツと参加するのが良いに決まっている。

一番右側の方はニシゴリラですか。そういう疑問を女性陣が持った場合、場が急激に白けてしまうことは想像に難くない。かと言って、性別を突き抜けるようなイケメンを連れていった場合には歌どころではなくなってしまうだろう。誰も次の歌を予約せずにイケメンに見入ってしまい、ほとんど無音、などという惨劇が起こらないとも言えない。もしくは、カラオケ配信会社が独自に制作し配信する、よく知らないミュージシャンが適当に近況を喋り倒すような、内容に乏しくゆるふわな番組が延々と画面で垂れ流されるという事態に陥ってしまうかもしれない。何よりもイケメンのせいで俺が目立たなくなってしまうではないか。それではまずい。フラストレーションとストレスで片頭が膨らんで破裂して死ぬ、多分。つまり、極端な容姿ではない仲間を探すことが必須だ。

　また、容姿だけではなく歌唱力も気にしないといけないだろう。

　ストーン・ローゼズの解散直前、イギリスのレディング・フェスティバルでのイアン・ブラウンのように、宇宙の果てまで突き抜けるような音痴というのは不思議なもので、不快を通り越して清々しい気持ちになることがある。その果てに尊敬の念が生じることもある。けれども、歌の下手なヤツの何が気持ち悪いかと言うと、理解できる範囲でズレていることなのだ。聴いている側が、あそこが正解だよなぁと正しい音階を想像できること、その想像を演者が裏切ることが不快さにつながっている。そして、歌っている張本人が気づいていない場合、その不快さは増幅する。なんかこの店、音響が悪いなぁとか言う。ボケがっ。

それならば、キャッチャーが取れないくらいの暴力的なクソボールをピッチャーマウンドからライトスタンドに叩き込むような音痴のほうがいい。それはジョン・ケージの四分三十三秒に匹敵するような、観念的な芸術性を孕むかもしれない。騒音と言うよりむしろ静寂ですね、とかいう感想を持つかも分からない。

ただ、やはり人並みの、中肉中背みたいな最低限の歌唱力を持っている人間がどう考えても良いだろう。

場を和ますために男性陣で合唱する機会も作りたい。あるいは、気の利いた団体芸で女性陣の注目を集めたい。そういう場合に、脳天から髄液を絞り出して肛門から吸い上げるような奇妙奇天烈な発声をする人間がいると、歌がまったく揃わず、この人たちは合奏というものを理解していない、というかウザイ、むしろキモイと蔑視されてしまう。合コンがうまく行かない。それでは不味いということで奇天烈音痴野郎に歌っている振りをさせておくと、当て振りではないか、そもそも生演奏していないではないか、その証拠にドラムスやギターアンプにマイクが立っていない、あんなのはロックではない、みたいなややこしい理路によって罵倒され、心がささくれてしまうだろう。やはり、仲間と合わせられる程度に歌が上手いという条件は外せない。

ただし、歌が上手くても独特なクセがあるのは困る。

音程を感じ取る能力に長けているのをいいことに、やたらとハモってくるヤツがどの町にもひとりやふたりいるだろう。そういうヤツは誰も頼んでいないのに和音を歌い重ね始めたり、合いの手を裏拍子で入れて自分の音楽的な能力や趣味をこれ見よがしにアピールしたりするのだ。黒い音楽しか興味ないんだよマジで、とか、俺は絶対音感なんだよね、いまのコップの音はソだね、みたいなことを言い出して酒を不味くする可能性が高い。そうなってくると、其奴がマイクを握る度に、なんか違うよねという違和感が室内に充満して場が乱れてしまう。女の子たちが帰ってしまう。

そういったことを考慮してまとめると、容姿は普通以上俺未満で変に目立つ特徴もなく、歌唱は矢鱈に上手いでも下手でもないが楽しく仲間と合唱できることが条件だろう。言葉にしてみればなんのことはない。気心の知れた友人たちと参加するのがベストということであろう。なんだか安心したぁ。

という現代の諸問題は歌垣へ参加するにあたっても、まったく同じように響いてくるのであった。

けれども、ここで問題なのは俺にそんな友人などいないということだった。身分も近くて気軽に誘える荘官仲間のような人間を誰も知らなかった。

そうなるとひとりで参加することになってしまう。

歌垣の会場におもむろに入って行き、なんか良い感じの市庭ですなぁ、こんな素敵な歌垣で結んだ紐はさぞや解くのが惜しいものでしょう、というような言葉を俺ひとりで軽妙に歌いあげてみたところで、そこかしこで奔放に歌っている男女たちからは声ちっさい、寒っ、と思われて聴かなかったことにされるか、石でも投げつけられるのが関の山だろう。誰の気も惹くことができず、センシティブな俺の精神は尻の割れ目から真ふたつに裂けて、びらびらした屑肉のようになってしまうに違いない。

精神が屑肉のようにならないためには、やはり数人の仲間たちと一緒にある程度の声量で歌い上げ、アピールするしかないのだ。この際、身分がどうだとか、友人かどうかだとか、そういうことは気にしていられない。プライドが高くても、屑肉はどこまでいっても屑肉なのだ。

ということで、俺は荘園内の農人たちのなかから、歌垣に一緒に参加する人間をスカウトすることにしたのだった。難儀であった。

スカウトという行為の難しさについて考えると、前頭葉が内側から加圧されて脳が破裂しそうだった。

適当に声をかけて誘ったらよろしいではないか、というような意見を官製はがきに書きつけ、編集部宛に投書してやりたい、と思うひとがいるだろうけれども、例えば、野球などのプロ・スポーツにおけるスカウト行為、新しい選手を雇い入れる場面を想像してはいないだろうか。

学生野球や社会人野球のチームに所属する選手のほとんどは、可能ならばプロ球団に所属して自分の力を発揮したいと願っていることだろう。ドラフト会議などで指名されるなどしてプロ球団からのオファーを受けた野球選手は、余程の理由がない限り入団を快諾するのである。

ところが、これが歌垣で、しかも誘う対象が農人たちである場合は、プロ野球選手をスカウトするようにはいかない。

なぜならば、友人が著しく少ない、というような情けない理由で随行者を募りたい俺の事情とは違って、プロ野球の場合は、ものすごい実力の持ち主や甲子園を沸かすほどの人気選手でない限り球団側に交渉のイニシアチブがあるからだ。ほとんどのアマチュア野球選手はプロ球団への入団を目指している。そして、競技人口も多い。つまりプロの選手になること自体が狭き門なのである。

　また、ドラフト会議で指名されることを誇りに思う人間が多い、という状況は、例えば、高校のグラウンドでプロのスカウトが身分を明かさずに視察していても、ウゲッ、キモいオッサンが来てるじゃん、石でも投げてやれ馬鹿野郎、みたいなことを生徒たちが進んで思わないという現象を生んでいる。むしろ、高校球児たちの目は輝き、一寸《ちょっと》でも良いところを見せようと補欠の選手まで動きが俊敏になるのだ。名将とかやめてくださいよぉ、みたいな自意識を膨らませる監督もなかには出てくるだろう。そうした理由から、スカウトでもない正真正銘の変態オヤジが高校野球の練習を見学していても、そう簡単には排除されることがない。お茶の一杯でも出て来る可能性だってある。それはグラウンドにいる関係者が、不審者をプロ野球チームのスカウトかもしれないと勘違いしてしまうからであって、そうした幻想がプロ野球のスカウトたちの活動を円滑にしていると俺は想像している。

　しかし、農人相手となるとやはり話が違ってくる。アイツらは暇さえあれば賦役や租税を減免させたい、誤魔化したい、屁でもこきながら餅をたらふく食べたい、などと考えている。俺が歌垣への同行者を募集しているということを知ったならば、友人が少なくて途方にくれているという俺の事情を持ち前の卑しい根性で推測して、弱みに付け込んでくることは必至だ。とにかく、いろいろな方法でケチをつけられて、荘園経営がうまくいかなくなってしまうだろう。それでは困る。

つまり、プロ野球のスカウトとは違って、スカウトしたいという願望を農人たちに気取られてはいけないのだ。

しかし、難儀に拍車をかけたのは、一握りの優れた人間ではなく、普通以上俺未満の容姿と中庸な歌唱力を持つ従順な農人を見つけたい、という俺の願望でもあった。

大概にして、中庸なヤツは中庸な事柄を中庸に欲望するのであって、市庭で行われる歌垣に出張って歌でも詠んで、ゲットした女の子たちとグヘグへしたい、というような欲求を持ち合わせていない。あるいは、そういった欲を持っていても発露させたりはしない。そのようなナチュラル・ボーン平凡みたいなヤツに迂闊に声をかけたりすると、いやぁ興味ないんで、というような素っ気ない返事をされたうえで、なんかメンツが足りないとかで阿呆が必死こいて仲間を探してたわぁと、俺の事情をなんの落ちもへったくれもないような詰まらない話法で隣人たちに伝え、笑いながら流布する。これに限らず、どんなことでも、平凡なヤツらは、平凡なパワーを用いた平凡な噂話として荘園内で平凡に消費するのだ。

そして、そこでは決まって普通という名の悪意が立ち上がるのだ。

この普通というのは存外にタチが悪い。それは己らの普通を武器や隠れ蓑にして、他人や他の集団の普通でない様をでっち上げるからである。普通という場所を最上段に見立てて、いろいろなものを振り下ろしてくるのである。あるいは、引き戸をピシャリと閉めて、定員オーバーですとか言うのである。だから俺は、これって普通ですよね、みたいな顔や態度をしているヤツを信用していない。何が普通だよ、土手南瓜。

とはいえ、ひとりで歌垣に参加するのは絶対に避けたい。

参った。誰よりも普通を嫌悪しているくせに、突飛ではない人間を求めているという矛盾によって、俺の心と身体は陰嚢縫線あたりからピローンと二つに裂けてしまいそうだった。陰嚢がこぼれ落ちそうだった。

こういう場合には酒の力を借りるしかない。酔ったついでにプレ歌垣のような宴席にしてしまえばいいのではないかと俺は考えた。

我ながら妙案だった。なんか最近のみんなの働きっぷりって最高ですよねぇ、だからお酒とか飲みながらマジ労いたいっていうか、超リスペクトっス、というような適当な言葉でへりくだっておけば、マジでタダ酒飲めるなんてラッキーじゃんとか言いながら、ホイホイと農人たちは集まってくるに違いないのだった。現金さを八丁味噌で煮詰めてリビングに打ちまけたまま、ハワイ旅行に出かけて放置したような、腐敗した魂どもであった。

## 第十一回「市庭⑨」

案の定、腐敗した魂どもはへらへらと滑《ぬめ》りながら、電灯に群がる蛾のように集ったのであった。

ほとんどの者はタダで酒や肴にありつけることに対するスケベ心を顔面に発露させていた。動物に喩えると、ぬるま湯で煮出した猿、のようであった。

一方で、農人の内には数名の利発な者が居り、そいつらはそいつらで猜疑を全身に塗りたくった岩牡蠣のようで気味が悪かった。

タダより高いもんはないとはよく言ったもので、こうして気前良く飲食物が振る舞われる状況に何の疑問も持たない人間は生命力が低いのであって、家畜のように食い太らされて、食肉中央卸売市場のようなところに売り飛ばされてしまうのではないかというような問いを持つことは、むしろ正しいと言える。ところが、卑しさというのは恐ろしいもので、そういった猜疑心を何倍にも増幅させて、精神を殻のように硬化させてしまう。本来ならば、そういった心情の砦に立て籠った者は、ミルフィーユ状の殻のなかでプランクトンを濾しとりながら、河口付近の磯や港の岸壁で静かに暮らしてゆけばよい。そういう幸せもあるだろう。

ところが卑しさというのは滅法に面倒で、ちょっとは楽しみたいじゃん折角だから、というような欲望を抑圧できない。なので、外で誰も騒いでいないにもかかわらず、自ら岩戸をパッカンパッカン開けてしまうのだ、高速で。なぜ高速かと言うと、これも卑しさが原因の自意識のこんがらがりなのだけれども、どうにも楽しんでいる姿を見られるのが恥ずかしい、という糞のような自意識を内面に留めることができないからだ。しかし、人に見られないように高速で開閉された岩牡蠣の殻から顔を出すのは、結局のところ、ぬるま湯で煮出した猿である。見るからにはっきりと猿、よりもタチが悪い。

ふやけた猿たちの宴は大変に盛り上がった。

ウキャッ、ウキキ、ウキウキウキウキゴー。ガオー。ムギャー。と、猿どもは本来の猿性を存分に発揮して、猿としての生を謳歌していた。最高のパーティだった。

善き哉、善き哉。

などと余裕ブッこいているわけにはいかなかった。

本来の目的を忘れて猿に交じって酒をあおり、そこらに自生している大麻などを燻して、その煙を吸って屁をこいたり、臍を出して踊る阿呆の腹芸を見て脱糞するまで笑い転げたりしている場合ではなかった。俺は歌垣への参加者を見つけなければならないのだった。

しかし、思い直してあたりを見渡せば、多くの農人が酔い果てつつあった。なかには野良着をはだけたまま、頭を下にしてコの字に、あるいはどういうわけかムの字にひっくり返っている者もあり、まともに歌が詠えそうな者は半分くらいしか残っていない様子だった。このままでは歌垣への同行者をひとりも見つけられないまま、農人たちに酒と料理を振る舞っただけになってしまう。

焦った俺は慌てて、皆を誘うように、「春の田おこしは耳から漿液が垂れ落ちるくらいに大変だけれども、こうしてみんなと歌を交わしあえる幸せってあるよね、今夜は自由にハメをはずして交じりあおうよ、ひとつになろうよ、エヴィバディ、セイ、ホーオ」というような意味の伝統歌を歌い上げたのだった。

すると、小豆の腐ったような色をした小汚い直垂を着た、テング猿のような鼻を目と目の間に植えてナスになるまで育てました、みたいな顔の男が「歌垣の場で会おうねって約束していた女の子は誰の言うことを聞いたのかは知らないけれども、ついぞ現れなかったよね」というような歌でもって俺を茶化したのだった。猿どもがドっと、あるいはムキャーっと一斉に笑った。

地球を素手で叩き割り、その割れ目を辿って最短距離で取り寄せたブラジル産のピーナッツ豆を煎って、熱々のままのナッツを思う存分鼻の穴に詰め込んでやりたい、そんな想いが心の奥底の井戸からぬらぬらと涌き上がって溢れた。けれども、俺は憤怒の感情を剥き出しにしたいところをグッと堪えて、「ここまで来る間の細い道で草につっかかって転びそうになったけれども、可愛い女の子の手をとったから大丈夫だった」と、つまり、うるさいよオタンコナス、お前らよりずっと俺はモテるし、間に合っているんだよボケ、という意味が込められた歌を、猿にでも分かるくらいのくだけた表現だけれども文学的、というような言葉使いで詠ってやったのだった。地面から吸い上げたエネルギーで声帯を震えさせ、腹の底を通って地面に返すような美声であった。自分の声にうっとりしてしまった。が、同時に、うっとりの奥底の内面で、ブチブチと何かの束が千切れるような音がしたのだった。

そこからは「歌合戦」という言葉がぴったりだった。お互いに抱え合う日頃の鬱憤もあってか、猿対人間の闘いに発展したのだった。紅白歌合戦ならぬ、猿人歌合戦だった。人組は俺ひとりで、審査員はいなかった。猿組出演者たちの、荘園経営者に対するやっかみを炸裂させた棘のある言葉にまみれる歌の数々を、三倍強の皮肉でもって斬って、斬って斬って斬って、途中からはバットに持ち替えて打ち返した。気がつけば累々と概念的な猿の死骸が吐瀉物まみれで転がっていた。圧勝、であった。

だが、同時に完敗でもあった。気が短いあまりに才能を発揮してしまい、本来は打ち解けた数名と歌垣にでも行こうや、みたいな会話をする予定だったのにもかかわらず、鋭利に研ぎ上げた言葉でぶった斬って、あるいは打ちのめして、農人たちの精神をズタズタにしてしまったのだ。心の奥底で深くひび割れた断崖の先、魂の奈落から反省したのだけれども、時既に遅しだった。

残ったのは純然たる絶望だった。ダメぽよであった。

## 第十二回「市庭⑩」

臍《ほぞ》を噛む、とは後から激しく悔やむことを表した言葉である。

酒宴での失態を思うと、この言葉に習って、いっそのこと臍を噛んで死んでしまいたいという気持ちがモルタル状になって鼻から垂れ落ち、啜ることも拭き取ることもできずに身体に纏わりついているようで苦しかった。

しかし、よくよく考えてみると、自分の臍を噛むなどということができるわけがない。それは生来の股関節や尻、腰まわりの筋肉や腱の固さが行為自体を阻害しているわけだけれども、例えば、器械体操の選手のようなしなやかで柔らかい肉体を俺が手にしたとしても、そもそも臍を噛むということは不可能なのではないかという疑問が残る。ペタンとＭａｃＢＯＯＫでも閉じるように前屈をキメたとしても、到達する顔の位置を考えれば膝を舐めることくらいしかできないだろう。ペロペロ。くすぐったいな、おい。そこから臍を噛むには、背骨や頸椎のあたりを丸ごと鞭のようにしならせる必要がある。つまり、蛇のようにとぐろを巻かない限り臍なんて噛めはしないのだ。

ところが、とぐろを巻いたところでも、なんとなく人間という生き物の設計上、臍は噛めないようになっているのではないかと想像する。くるんと乳首のほうに回転してしまって、臍には額が当たるのみで口が微妙に届かない。だとすれば、なんだこれは、とぐろを巻くだけ損ではないか。だったらいっそのこと乳首を噛んで死んでしまおうか、そういう気分にならないこともない。

けれども、世間はどう感じるだろうか。あまりの悔しさに臍を噛んで自害したならば、なるほど噛めないはずの臍を噛むほど悔しかったのか、そして実際に臍を噛んで死ぬなんていうのは狂気の沙汰というか、生命体として人間の埒外だけれども、一本筋の通った男気を感じる、などという評価を得ることができるかもしれない。

これが乳首となると、どうだろう。

なんだか乳首は普通に、首回りを頑張って曲げて、皮膚を無理に引っ張ったら噛めそうではないか。簡単だと思われてしまうかもしれない。あるいは、普段からそういった珍奇な方法で自分を慰めるなどしていて、性的な趣味を前提とした事故なんじゃないかと邪推されてしまう可能性もある。人間の身体性の限界に打ち勝ってとぐろを巻き、臍の代わりに乳首を噛むという人類史的な快挙を成し遂げたとしても、だ。ここに乳首の悲しみ、もののあはれを感じる。

ただ、臍の気持ちになって代弁すれば、噛んだり吸ったりしてもらえるだけええじゃないか、わしらは新陳代謝の滓と雑菌を溜め込んでいるのじゃよ、悲しいのはこちらじゃわい、と爺のキャラを憑依させて反論したくもなる。胎児のころは臍としての喜びを一身に感じていたけれども、生まれてからは淋しいばかりじゃわい。爺というか臍の気持ちになって考えると、増々噛みたいという気持ちは消え失せていった。だが、後悔は一切消え失せなかった。

そして、ぽっかりと空いた虚無のような穴蔵に入ってチンドンチンドン、朝から冗談みたいな音量で強烈に残存をアピールして俺を半殺しにするのは、きまってアセトアルデヒドだった。また、お前か。

阿瀬戸アルデヒド。日系ブラジル人三世。本名は阿瀬戸・アルデヒド・ドス・サントス・コインブラ。

明治時代の後期、彼の祖父は遠く地球の裏側、ブラジルに渡ったのだった。移民として彼の地に移り住んだ祖父たちは、コーヒー農園で働いた。現地の労働力不足を補うために動員されたため、待ち受けていたのは厳しい労働だったが、持ち前の負けん気と商才を発揮して、一代で土地を取得。原生林の開墾などにも着手し、日系人コミュニティの名士となったのだった。父の代になってもコーヒー農園は順調そのもので、阿瀬戸は何不自由のない裕福な家庭で育った。だが、高校を卒業してから、地元の先輩にそそのかされてギャングたちと付き合うようになった。そこからは半グレのような状態で生活が荒んだ。人殺し以外の悪事はなんでもやったと、阿瀬戸は後に回想している。そして間もなく、出奔。新しい刺激を求めながら、工員として海を渡って行った旧友を頼って辿り着いたのが、静岡県の浜松市だった。浜松市では、多くのブラジル人たちが自動車やオートバイの工場で働いていた。新しいコミュニティにも馴染んで、最初のうちは真面目に働いた。だが、長くは続かなかった。次第に、ブラジルにいたころの怠惰な阿瀬戸が顔を出し、次第に膨らんで、夜の街で悪行三昧となった。タトゥーがビッチリと彫り込まれた百八十センチの身体を無意味に鍛え上げ、見た目は終に格闘家のようになった。ストリート・ファイトでは負け知らず、阿瀬戸の名は浜松のアンダーグラウンドに轟いたのだった。

その阿瀬戸が脳血管内で暴れているのではないか、というほどの頭痛だった。

やがて、アセトアルデヒドは酢酸に分解されて痛みが和らいでいく。なるほど、サクサンという響きはどことなく優しい。

静岡県警浜松警察署の少年課に勤務する桜井吉成、通称サクサンが阿瀬戸を優しく諭すのであろう。ブラジルのご両親は元気かと。そして、香ばしく焙煎されたブラジル豆のコーヒーを丁寧にドリップしてカップに注ぐのだ。パッケージには阿瀬戸農園の文字。阿瀬戸は鼻から祖国の、祖父の、父の香りをたっぷりと吸い込んで、深い溜め息（$CO^2$）と共に大粒の涙（$H^2O$）をこぼすのだ。

と、なにか感動の物語のように仕立ててみたけれども、要約すると重度の二日酔いだった。アセトアルデヒドが酢酸を経て水と二酸化炭素に分解され、そのほとんどが体外に排出されるまで、立ち上がることすらままならなかった。

続・ダメぽよであった。

# 第十三回「市庭⑪」

ただのダメではなく、「ぽよ」なる意味も目的も不明だがとにかく柔らかい感じだけが伝わる擬声語を付加して、己のダメの程度を減免させるのは卑怯ではないか。虚偽による印象操作なのではないか。そういう批判は甘んじて受けたいと思う。けれども、件の宴席における愚行によって、全面的なダメさが荘園内に固着したわけではなかった、ということを主張させてほしい。

確かに、農人たちの精神を言語表現によって滅多打ちにするということは、荘官としてあるまじき行為であったと没後の現在でも反省している。

例えば、忘年会などのイベントにて、部下たちの普段の仕事ぶりについて、あるいは生活態度について、苦々しい顔で指摘するだけでも十分嫌だけれども、思想や哲学、ひいては人間とは何かという文学的な命題についてまでも自作のメロディに乗せてア・カペラで歌いながら、一人ひとり徹底的に否定していくような人間がいたらどうだろうか。絶対に上司にはしたくないと思うどころか、はっきりと、皆でシカトして村八分にしたい、あるいはカウンセラーを紹介したい、どうにかして豚箱にぶち込みたい、それが無理ならグーで殴りたい、そう考えるのが当然だろう。

俺がやったのはそういうことだ。

実際に、農人たちの働きぶりは著しく鈍って、農地は荒れ果てた。「ぽよ」の要素がどこにもないではないかと、近視眼的に眺めれば純粋で無垢なダメさだけが地面に張り付いたチューイングガムのようだろうけれども、俺の愚行に端を発した農地の荒廃が、後の養蚕業の発展と成功につながったのだ。ダメだと諦めた先に現れた「ぽよ」、それが養蚕だった。荒地にはうってつけの産業であった。

というか、まあ、農地が荒れてしまったので、それしか選択肢がなかったというか、一旦窮地に陥ったことによる背水の陣が功を奏したというか、怪我の功名というか、とにかく俺としてはただのダメとされてはたまらない、やはり「ぽよ」という言葉を加えずにはいられない、そんな心持ちなのだ。

こういうことを書くと、ああ、失敗したっていいんだな、そう言えば巨人軍の名選手、そして名監督であった長嶋茂雄が「失敗は成功のマザー」とか言っていたなぁ。かの有名なトーマス・エジソンも「Many of life's failures are people who did not realize how close they were to success when they gave up.」と言っていたではないか。英語が分からないひとのために意訳すると「失敗の多くは、どれほど成功に近づいていたのか気がつかずに諦めてしまうことだ」というような言葉なのだけれども、なるほど、私もこれを見習ってずんずん失敗しよう、みたいなことを考えるひとが増えてしまうかもしれない。

けれども、忘れないでいて欲しいのは、彼らが超弩級の天才であったという事実だ。先ほどの意訳も、別の角度から見ると「成功にどれくらい近づいていたのかが分からないまま諦めるヤツらは全員失敗者じゃ、阿呆」という、凡人にそんなこと分かるかボケと反論する以外にこちらとしてはどうしようもない、身も蓋もない天才の言葉である。勘違いしてはいけない。

そして、エジソンの言葉をもう少し引くと、「I have not failed. I've just found 10,000 ways that won't work.」とある。「ワシは失敗したのではない。一万回上手く行かない方法を見つけただけじゃ」とエジソンは屁理屈を言っているわけだけれども、俺の荘園で一万回ものダメを積み上げたらどうなるのか。もう二度と生命体が存在できないような土地になってしまうことが誰にでも想像できると思う。蚕はおろか、絶対零度や真空でも死なないとされているクマムシでも息絶えるだろう。

そして、エジソンは一万回も失敗しておいて、こうも言うのだ。「Genius is 1 percent inspiration and 99 percent perspiration.」と。要約すれば「やっぱりのう、なんだかんだ言っても閃きなんじゃよ、土手南瓜」ということなのだ。恐ろしい。

天才だからできちゃった話を、なんとなく、金句だと盲信して自分の人生に濫用してしまう怖さがここにある。電話機や白熱電球、蓄音機や現在の映画の源点とも言える活動写真などの発明が、ダメさに付き添うように現れた「ぽよ」にあたるわけがないのだ。俺のダメさとは真逆の、真摯なる努力と、その努力を努力とも思わずに楽しんでしまうような、ポジティブなメンタリティの躍動によって生み出された類稀なる成果なのだ。「ぽよ」じゃない。

それらは当たり前だけれども、誰にでも達成できないから尊いのであって、その偉業からこぼれ落ちた削り粉みたいな言葉をまとめた書籍を電車の中刷り広告などで知るなどして、Amazonでポチって、買って読んで、私もこれで成功できるかもしんない、なんだか成長したかもしんない、というほろ酔いのような心持ちで一万回も失敗されたらどうなるだろうか。

凡人の失敗が一万回積み重なったところで地球が滅びることはないだろうけれども、友人や知人、家族など周囲の人間が一万回嫌な気分になるだろう。それを其処彼処でやられると、さすがに巡り巡って社会全体にそのダメさが充満してしまう。「ぽよ」なんて言葉で和らげている場合ではない。

俺の場合を考えてみても、はっきり言えば、単純に幸運だったのだ。どうもこうも言い訳のできない大失態だったのだ。荘園が取り潰されてしまうほどの危機に発展する可能性もあった。

ただ、まあ、ちょっと、市庭で何かを売ったら儲かるかもなぁ、みたいなことは以前から考えていて、蚕について調べていたのは事実だけれども。そして、まあ、その、どん底から立ち直っちゃうところが、俺の天才性を表しているのかもしれない。ね。
へけけ。酒でも飲もうかな。

# 第十四回「市庭⑫」

酒をグビリと呷ると、さっきまで脳血管内でブレイクダンスを踊っているかのようだった阿瀬戸の野郎、つまり二日酔いの症状はみるみるうちに消えて失せた。

ところが、このような効果を前にして、やっぱりすごいね迎え酒って、酒は百薬の長だね、などとポジティブな文言をへらへらとした面持ちで答弁するヤツを信用してはならない。なぜならば、ズタボロになった身体が発した「もうこれ以上飲んだらヤバいッス」というアピールを、擬音語で表すならヌポ〜ンとしか言いようがない恍惚感でオーバードライブさせるのが迎え酒なのである。つまり、追加で摂取したエタノールが効いて中枢神経がガバガバになっているだけで、身体にはむしろ悪いのだ。何を言ってやがるんだこの野郎と胸ぐらのひとつも掴んで、タンスの下か靴箱の隅など湿気の多いところに敷いてやるべきなのだ。

こんな酒の飲み方を毎日繰り返せば大変なことになってしまう。当たり前だ。けれども、どうしてだろう。飲まずにはいられない。迎えずにはいられない。

玄関の前でキャインキャイン、主人の帰りを待つ飼い犬のように、忠犬ではあるが生粋のダメ犬っぷりを発揮してガリガリと木戸をひっかき、主人であるエタノールの帰りを待ってしまう。が、毎度、待ちきれなくなって、木戸を突き破って飛び出して行くのだ。お迎えに参ります、と。ワンワン。

そもそも、俺の精神や魂には、堪え性のような力を発揮するためのチャンネルが設定されていないのだろう。ダメなことだと分かっていても、自分でコントロールすることができないのだ。情けない。悔恨の意識が少しでもあることが救いなのかもしれない。

ところが、徹頭徹尾怠惰な俺は、そういった悔恨を上回る自己愛が骨身に固着してしまっていて、だらしないところがかえって自由で素敵じゃん、みたいに考えてしまう。自分を甘やかしてしまう。ネガティブな結果をもたらすポジティブシンキングというような、転倒した思考を炸裂させて、なんかロックスターみたいでいいかも分からん、そんなことを思ってしまう。

もういよいよダメなのだと思う。駄々を捏ねる子供に、駄菓子や玩具などを野放図に買い与えたらどうなるか。想像しただけで恐ろしい。けれどもこの場合、親も子も俺自身であるため、当然ながら諌めることができない。

夕方になって、いよいよ落ち込んできたのだった。

自己愛と自己嫌悪は大概の場合は裏表の関係性であって、自分のメンタルヘルスの状況によって負にも正にもなりうる。

散々惚けた末に、それを追加のアルコールで消毒するように洗い流したとしても、己の愚かさは痣よりも濃く皮膚はおろか骨の髄にまで記録されている。ひやりとした感覚が去った後に浮き上がる模様を眺めては、深いため息をついて、最早尻の穴から脱力するより他はないのだ。

そんな心情とは関係なく、迫るように薄暮が美しかった。切り絵のように、自堕落な骨と身のシルエットが遠く濃紺から橙の空に浮かび上がるのだった。

そんな夕べの情景を前に居ても立っても居られない、そういう心情だから、寝そべるなんていうのは言語道断、ソワソワを一昼夜煮詰めて、ソワーソースなるものを開発して鹿肉にかけて食べてしまいたい、そんな意味不明の心持ちであった。

ひどい焦燥にも襲われていた。自分はまったく無価値の、食物連鎖の円環には関係のない、生態系ピラミッドの底辺の角の極の極に沈殿しているなんらかの小虫なのではないか、虫だと思われつつも実は昆虫ではない、みたいな、うわぁ虫ですらないのか、というような残念さの底に設置したゴキブリホイホイに自ら囚われて、粘着シート上でもがいているような気分だった。

不意に、屁が出た。すべての鼻毛が抜け落ちるほど臭かった。硫黄泉近くの噴出口から噴き出たガスのような、卵の腐ったような刺激臭が鼻腔を突いて、クッサッ！と一言漏れたところで、金縛りから解けたように、行ったろか、と、思ったのであった。

脳内で言葉にもならない、ゴミ屑のような悔恨や恥辱で縄を編んだところで、自分を縛る他に使い道がないのだけれども、屁、のようなフィジカルな事柄が、あっという間にそうした自意識を追い越して縄を解き、問答無用の臭さでもって俺に生気を与えたことには驚いた。

けれども、案外そんなものかもしれない、とも思った。俺の悩みなど屁以下なのだ、所詮。

臭い、っていう概念は人為の産物だけれども、屁とされるようなガスは確かにそこにあって、臭いと表されるか、あるいはニョペイみたいな擬音語でも擬態語でもない謎語でもいいのだけれど、鼻腔内の細胞はそれを感知する。そこにガスがあるのは客観的な事実で、生理的な反応がある。生理的な反応もまた、身体によって強烈に存在が証明されている。

それに比べて、自意識の頼りなさよ。所在地はどこなんだっていう話だ。中二か。

そう考えると勇気が凛凛と湧き上がった。くよくよしている自分が心底馬鹿らしいと思った。屁以下だと思えば、なんでもできるはずだ。

そして、慌ただしく準備を済ませ、家人を連れて家を出たのだった。

あたりはすっかり闇だった。女の下に這って行くのは夜だと相場で決まっている。むしろちょうどいい感じの暗さだった。

闇夜の道すがら、妙に興奮してしまって、股間がムズムズしはじめ、最初のうちは根元のあたりにモヤモヤと欲望が滞っていたのだけれども、いつの間にやらギンギンになってしまい、どうにも歩きづらいので立ち小便で迸る欲望を疑似放出して、心も身体も落ち着かせた。

せっかちに仕舞い込んだため、こぼれ出た残尿によって股座が冷たかった。いや、なんか思った以上にビチャビチャになってしまった。

# 第十五回「市庭⑬」

歩くうちに、激しく湿って不快だった前身頃が徐々に乾いていった。太腿にへばりついているようだった布地も、それを殊更に感じないでいられるほど、本来の衣服としての心地好さを取り戻していた。

ところが、熱のせいか雑菌のせいか、尿に含まれていた尿素が分解されて、ツーンと鼻の奥が痛くなるほどの悪臭ではないものの、鼻の粘膜をわずかに刺激するアンモニア臭が布地から漂ってきた。嫌かと聞かれたらはっきりと嫌だけれども、時折、どこかで旨そうな烏賊の一夜干しを焼いているのではないかという錯覚に陥らせるような香りにも感じられた。

烏賊のような臭いによって、不快と快の土俵際でエイノエイノと寄り切られそうになりながら粘っている関取のような気分にもなったが、よく考えてみれば、もちろん俺が居るのは土俵の外であって、匂いの源泉は烏賊ではなくて尿なのだと、身も蓋もない思念が鼻腔の奥から脳細胞を打撲して、俺は気分が悪くなってしまった。

何より、こんな臭い衣服を纏って女に会いに行けば、直接口に出される可能性は少ないかもしれないが、相手の内心に「クッサー」という言葉を太文字のゴシック体で刻み付けてしまって、大層嫌悪されることだろう。仮に嫌われなかったとしても、再会する度に「クッサー」という刻印が彼女の心のなかに浮かび上がって疼き、仕舞いにはパブロフの犬のように俺を見ただけで「クッサー」と感じるようになってしまうかもしれない。「もしかして屁こいた?」と根拠もなく訊ねられるようになったら男女の仲は終りだ。そういう恐怖がむくむくと湧き起こったのだった。

ネガティブな心持ちの沸点に達した俺は、ガバっと衣服を脱ぎ捨てようと思ったけれども、それより一瞬早く「どうにでもなってしまえ」という捨て鉢な感情が言葉以前のプリミティブなエネルギーとして体内に湧き起こり、衝動的に農道の脇の小川に飛び込んでしまったのだった。はっきりと癇癪だった。

バシャっという音が耳元に届く前に、やっちゃったなぁという諦念に似た感情が到来し、その直後、ぬらっとした液体に全身を包まれて、顔を上げると泥の臭いがした。群れをなしていた鮒の子が散り散りになって、俺が飛び込んだのとは違う、細かい波紋が水面に立った。家人は呆然としていた。

俺はふんぬと頓狂な声を発してから農道に上がり、下着以外の衣類を袖口に忍び込んだ鮒の子諸共地面に叩きつけ、河馬のような顔で立ち尽くす家人を蹴り上げた。

そして、水中に巻き上がった泥が流れつかない川上まで歩いて行って、家人に衣服を濯がせたのだった。

不快な臭いは流れ去ったが、再びビショビショになった布地は俺を激しく不快にさせた。それでも、女に嫌われるよりはマシだろう。水分を風に乗せて虚空に送り出すような大袈裟な身振りで、俺は湿り気の権化として小道を歩いて行ったのだった。

丸山女房の屋敷に着くと、俺と家人は簡素な柵をひょいと飛び越えて、寝間のあたりにつかつかと向かった。そして、その勢いのまま、「随分と前に闇夜が訪れたけれども、今日という日の名残を惜しんでいるのか、西の山の向こうで昨日の切れ端がまだ淡く光っている」という意味の歌を詠んだ。

遠回しな表現だと思われると心外なので説明すると、ストライクゾーンのど真ん中目掛けて投げ込んだ「やっぱ好っきゃねん」というような、俺の未練を表した歌であった。

屋敷の奥から衣類の擦れるような音が聞こえた。

微かな明かりの奥で女たちがヒソヒソと話す声も聞こえた。

しばらくして、格子の向こうに下女らしき女が現れて、「さっきは涼しいと感じた風も、再び頬を撫でるころにはぼんやりと生温い。自然というのは移ろいやすくままならないものですね」というような歌を詠んだのだった。

まあ、端的に、「言うよねー」みたいな感じで、俺をはぐらかそうという意図を持って詠まれた歌であることは間違いなく、打たれ弱い俺の精神はメキメキと万力で潰されたようになりかけたのだけれども、存外に下女の声が不細工というか、舌の根元から口蓋垂のあたりの筋肉のテンションだけでコントロールされたような、もっと分かりやすく言えば「喉だけで歌ったJ-POP」といった風情のイラっとする声色だったので、それが引っかかりとなって心の闇の奥底に落ち込まずに済んだ。

いつものことなら、ここでボッキボキにメンタルを複雑骨折してしまい、泣きながら水路や泥濘などの悪道を敢えて選んで這いつくばって帰るところだったろう。ところが、下女が発した声の印象が歌本来の言葉の意味を遠ざけるほど珍奇だったために、言葉による直接的なダメージを回避することができたのだ。

そして、俺は「遥か遠い富士の山の山頂近くには年中を通して溶けずに雪が残っているのだという。美しさとはそうした強い意志の結晶なのだろう」という意味の歌を詠んで返した。言うなれば、万年雪のように動かないぞという、半ばストーカーめいた決意を込めた歌であった。

奥からはまた何やら密談をするような声が聞こえた。

そして再び、喉元を絞り上げるような声音が響いてきたのであった。歌の意味を理解するより早く、このような声色で詠まれるくらいならば、真っ平らなイントネーションで読み上げるロボットボイスで良いのではないか、そのほうがむしろ残念さが薄まって諦めがつくのではないか、という感情が込み上げてきた。

時代が時代であったので、当然、ロボットはおろか機械仕掛けの人形という概念すら当時はなかったわけだけれども、現在から遡行しての回想ゆえ、表現上の過剰装飾はそのまま飲み込んでいただきたい。つまりは、物の怪とするには人間味のある、絶妙に表しがたい、何らかの琴線に触れる声だったのだ。

格子が下女の声の倍音で共振したのか、ビリビリと音を立てて鳴った。

その後で、言葉の意味が飛び込んできたのだった。

# 第十六回「市庭⑭」

またしても、迸る俺のリビドーをさらりと躱すような歌だった。はぐらかすというよりは、抑えようというニュアンスにも感じられる、ある種の隔たりについて表したものであった。

そのような歌の内容に連れられて、懐の奥深くに仕舞い込んでいた理性が背筋のあたりから全身に流れ出し、なんだかキーンと指先にまで鈍く重い冷たさが巡った。そして、ふと、どうしてこのような珍妙な声色の下女に詠ませるのだろうという疑問が湧き起こった。

普通に考えたら紙に書いて寄越すか、自ら詠みあげるだろう。

ところが、わざわざ下女に詠ませるとはどうしたわけか。もしかしたら、嫌がらせとまでは行かずとも、追い払おうという意思を端的に表したのかもしれない。普通に返歌を贈ったのでは阿呆がつけあがって上気《のぼ》せるばかりなので、ここはひとつ不細工な音色で追い払おう、ということなのかもしれない。

そんな思考が脳裡を過って、一物はおろか全身が萎え果てるような感覚に襲われたのであった。

冷静になって省みれば、俺は酒酔いの勢いを借りて未亡人の家に忍び込み、挨拶もそこそこに不躾を丸ごと素揚げにしたような態度でへらへらと歌を詠んで、一方的な情欲を吠えあげていたわけだ。そんなものはキモっと吐き捨てて、時代が時代なら武者などに頼んで本体ごと斬り捨ててしまうこともできただろう。

俺は深く落ち窪んだ海底に沈殿したプランクトンの死骸のように黙して、闇夜を漂うように虚脱した。後は気持ち悪い白アナゴのような深海魚に吸い上げられたり、淘汰の過程で海底に追い詰められた蟹の鰓で濾し取られたりして、自然界の滓になるのを待つのみというような体《てい》だった。

いや、むしろ沈黙というより、フリーズした古いマッキントッシュのようだったかもしれない。とりあえず、二進《にっち》も三進《さっち》もいかずに固まってしまったのだった。

静かな夜の空気を破るように、遠くの野山で野犬がヴォ〜ンと吠えた。どれくらいの時間が経ったのか分からなかったけれども、それで、ふと我に返った。

自然界の滓としての役割を全うするには、このままトボトボと帰るのが丁度良いだろう。そうした諦念が俺の魂の九十八パーセントを占め、細胞という細胞に充填されていた。そして、行きの道で嵌った小川に飛び込んで鮒の餌になって果ててしまいたい、という破滅願望がむくむくと芽生えた。

それでもどうして、心の奥底に宿る一握の希望が仄かに熱を帯びて、俺の闇を照らすのだ。諦めてたまるか。負けないで、君。負けないよ、俺。夢はいつか叶うから、まだ帰るわけにはいかないの。と、言いたいところだけれども、ポジティブなエネルギーは皆無だった。よし、帰ろう。とも行かないのは、二パーセントの内に凝り固まった自尊心が、地面に寝転がって手足をバタバタさせて駄々をこねるからだった。このまま帰ったんじゃ無茶苦茶恥ずかしいよう、と泣き喚くのだった。童子というよりは惚けた糞爺をあやす老婆のように、俺はその場から離れられないでいた。

　また、たとえ水中に没して鮒の餌となったとしても、鮒の肛門から放《ひ》り出された俺は怨念の塊となって大海に流れ込んで漂い、果ては黒潮に乗っかってカリフォルニアの漁民たちに深い災禍をあたえてしまうかもしれない。存在として無価値ならば滓としての冥利に尽きるが、害悪というか祟りとしてこの世に残留するなんて、絶対に嫌。嫌。嫌。嫌。という気持ちも、己をその場に留まらせるのだった。

　コンフュージョン。ジジジ、プス、プス、プス。ショートした配線から火花が散るように、感情が口を衝いて出た。

「身分や境遇をわきまえず、なりふり構わぬ非礼をお赦しください。ただ、いつぞやの返歌の美しい筆跡に囚われ、それ以来、心は何処へも行けず、あなた様を思って過ごしていました。できれば格子も御簾も越えて、お目にかかりたい、歌を詠み交わしたい、そういった感情を温めていくうちに心の内にあります堰が決壊し、ここまで流されて参りました。が、それも叶わぬことと痛感しております。ご存じの通り、私の荘園の端に虹が立ち、市庭として賑わうようになりました。時折、歌垣などが催され、様々な人々が身分を超えて歌を詠み合うのだそうです。市庭はあの世とこの世の間に建つ境界ゆえ、現世の柵にも縛られない場所です。そのような場所で開かれる歌会で、あなた様と歌を詠み交わすことができたらと、私は夢にまで見ております」

まるで自動記述のようだった。ほとんど真っ白になりながら、言葉だけがするすると、虚空に、ただし伝えたいという熱意を帯びて、鳴り響いたのだった。己が発した言葉だとは、まるで信じられなかった。

そして、俺はもう一度、かつての歌を詠んだのだった。「虹が立ちのぼるような、あの世とこの世の間のような場所であなたと歌を詠み交わせたらどんなに幸せだろう」と。直前に言ってることとまったく同じじゃん、言い直しただけじゃん。みたいな突っ込みは、この際どうでもよかった。

しばらくすると、返歌があった。

「水平線をどこまでも進んで行けば、いつか空と海の青さが交わる場所があるのでしょうか」という意味の歌だった。それは、いつぞや心を鷲掴みにされた返歌を少し引用したもので、当時あからさまに表された隔たりについての印象が和らぎ、空と海が交わらぬまでも、その可能性だけは秘めているような内容であった。

その僅かな前進で、天にも昇るような想いだった。俺は、感情よりも早く飛び上がりたい身体をぐっと抑え、河馬のような顔で立ち尽くしている家人の尻を蹴り上げた。

## 第十七回「市庭⑮」

喉元を絞り上げるようにアギャンという奇妙な音を発して、家人はその場に倒れ込んだ。

河馬という動物はイラストなどで戯画化されたイメージと違って獰猛な動物で、「年間を通して最も多くの人間を殺しているのは河馬である」というような文章をインターネットで読んだことがあるけれども、それは事実なのだろうなぁと思うほどに家人の河馬面が凶暴に歪んでいた。悍《おぞ》ましいくらいであった。

また、それは逆三角形の白目を貼り付けた焼き梅干の果肉が小さく割れて、中から煮立った汁が不気味なノイズと共に漏れ出ている、とも喩えられるような様子で、なんというか、うわぁという言葉にもならない感情が湧き上がった。同時に、返歌の美しい余韻が焼き梅干の割れ目に吸い込まれていくような恐怖感に襲われて、咄嗟にもう一発、土踏まずから親指の筋に程よい緊張感を与えて、フットボールにおけるサイドキックよろしく、俺は家人の側頭部を蹴り上げてしまった。

今度はナッという短くヌメっとした音声を発して、家人はその場に脱力した。不穏な動物の気配が消えて、あたりには静けさが戻った。

はて、どうしたものか。

コンフュージョン再び、であった。

と言うのも、勢いに任せて思いの丈を吐き出してしまったので、後に継ぐ言葉が出てこないのだ。

感情を銀行に言葉として貯め置けると仮定するならば、預金額はほぼゼロという状態だった。感情銀行心の中支店の通帳にははっきりと、数時間前に全額を引き出したことが印字されている。ゼロ円でなくて、ゼロ文字だけれども。ないものは下ろせない。

それは、吐ききった息はこれ以上吐けないという事実にも似ていた。これ以上の息を吐くとなると、「死」を意識せずにはいられないだろう。

まあそれでも、この状況自体が比喩であるからして、実際には死んだりしないのだけれども、想像上の不死身人間及び生物が肺のなかの空気を出しきってなお息を吐き出そうとする場合、口腔から肺などの臓器を丸ごと出すしか方法がない。ヌチャっと、歯茎のあたりから粘膜をひっくり返すように気管や食道や肺を露出させるのだ。そんな生物は気持ち悪くて仕方がない。まあ、息を吸ったらいいじゃん、という話なんだけれども。

ところが、預金の話で言えば給料日前だとか、そもそも収入がないだとか、現金自動支払機の前で沈黙する人間に向かって「息吸ったらいいじゃん」というような意味合いの文言を浴びせるのはどうかと思う。人には人の事情があるのだ。肺を口腔から排出させるほど息を吐き出したい人間や生物にも同様の言葉は暴力的だし、意味を成さないだろう。だって、吸えるならば吸ってるよ、という話だ。「吸う」という概念が崩壊するほど、吐くことに対する欲求が勝ってしまっているのだ。善意で酸素スプレーを差し出したとしても、吸い口が体液でヌチャヌチャになるだけだろう。

というわけで、俺は言語的に空っぽだった。

想いだけは爪の先までパンパンに詰まっていた。けれども、それを新たな言葉に変換するだけの技術がなかった。これ以上は何を投げても、言葉というよりはとろみのついた体液や壊死した臓器のようなものになってしまうと想像ができた。どれほどの努力で表わそうとも、受け取る側がそれを玉のように価値のあるものだと認知しなければ、言葉でもメロディでもボディランゲージでも、そこらの石ころを通り越して汚物にすら成り果てる。長い冬の終わりに、雪解けのように訪れた変化も、再び凍てつく吹雪にさらされてしまうかもしれない。

毛穴から漏れ出た怖気《おじけ》が、静けさのなかに充満しているかのようだった。

それでも、別に臓器でも汚物でもいいじゃねぇか、そんな気持ちも徐々に芽吹きの準備を整えつつあった。凍てついた大地の地表付近で、ムズムズと胎動を感じた。だって、言葉なんて、表現なんて、そんなものだろう。

たとえば、優れた様々な技法や技術だって、文脈が違えばゴミほどの価値もない。リサイクルすらできない。ある人にとっては美しく複雑なノイズでも、別の人にとっては耐え難い狂音とでも呼ぶべきなにかかもしれない。俺たちは、普段からこうした絶望的なすれ違いのなかで、たった一瞬だけバチっと通じ合うことを夢想している。それは拾ってきたブラウン管の古いテレビのスイッチを入れて、アンテナにもつながずに砂嵐のような荒野をアナログ式にザッピングするようなものだ。本来的には、他者になにかを伝えようという行為はそういった困難さを抱えていて、我々はそういった困難さをどうにか飛び越えて現在に着地しているはずなのだ。そこに気がつかないのは、土地にへばりつく文化が獲得してきた叡智のお陰だろう。「元気かい?」なんていう挨拶も、猿から思えば知性の果てみたいな場所にある。と、俺は思う。キー、キー。ウキャヤ。

が、こうして、自分の一方的な欲望を伝えようという場合にだけ、ことさらに本来的な困難さを矮小化して、別の角度からは利己的に強調して、絶望してみせているだけなのだ。そんなものはただのこんがらがった自意識じゃないか。猿に「おはよう。調子はどう?」と言わせるまでの奇跡的な進化と飛躍に比べたら、俺の「伝わらない」はむしろ「伝わる」側に属しているに決まっているのだ。

凍土のなかから種ごと飛び出すように、そんな想いが発芽したのだった。

硬い皮を破って、若い双葉を広げるように大きな声を発してみたかったけれども、変なヤツだと思われたら嫌なので、ぐっと堪えた。代わりに、手の先と足の先をビンビンに緊張させて、大の字のように開きながら垂直に飛び上がった。

着地でよろけて家人の上に倒れ込み、肘を痛打した。

## 第十八回「市庭⑯」

それから数日のあいだ、ヌボーっと惚けて暮らした。

クロイツフェルト・ヤコブ病に罹った牛のコスプレで、ほへらほへらと弛緩して自分や仲間の放り出した糞尿のぬかるみのなかで転げまわっているような状態だった。俺、脳がスポンジ状なんで良くわかんねえっス、最高っス、蕩けちゃってるんス、という感じで、ドープでサイケな感じでもあった。

そんな逃避の真っ只中にあって、肘の痛みだけが「逃がさへんで」と実存的存在としての俺を絞りあげるのだった。

「なんなんですか、あの最後のスキダカラーみたいな叫び」と、肘が俺に問う。

「いや、なんというか、エモってヤツですかね。言ってることはよく分からないけれど、たまに駅前とかでヨダレまみれの爺さんが傘振り回しながらバカヤローとか怒鳴ってるのって、通行人は爺さんの主張を言葉として捉える前に、あの爺さんヤバイなって、爺さんのフィーリングを先に捕まえると思うんですよ。フィーリングが言語を追い越しちゃってるからこそ、ヤバいなって通行人が感じるんですけれども。バカヤローでもコノヤロウでも、シシドジョーでもシシドカイでも、オダギリジョーでもオニギリグーでも、言ってることはなんだっていいんだと思うんです、ヤバさが伝われば。俺からすると、そういうのがエモだと思うんですよね。エモーション、情緒や感情を感じるのが主題っていうか」

「いや、駅前で傘を振り回しているご老人と、君のように情愛を伝えようという人間では、自ずと手法は違ってくるんじゃないでしょうか。例にあげたご老人も、世の中の不条理に対しての憤りなどをアピールすべく傘を振り回しているのかもしれないですけれども、通行人の半数くらいは君の言うところのヤバさみたいな、ヤバいねみたいな、なんとでも取れるような塊として受け取ってしまって、彼の憤りの詳細が言語的にまったく伝わらないまま、駅前で狂った爺が暴れていますというような情報として、SNSなどで拡散されて消費されていくだけだと思うんですけれども」と肘。

「そ、そうかなぁ」と答えながら、俺はギリギリと音がするまで奥歯を噛んだ。

「そうやってエモとかいう曖昧な言葉を当てがって、逃げているだけだと思うんですよ。技術がないだけなんじゃないでしょうか。例えばパブロ・ピカソですけれども、彼のデッサンをご覧になったことありますでしょうか。私はなにしろ肘ですので絵筆を握ることもできない美術の素人ですが、彼が高い描写力を持っていたことはデッサンを見れば誰でも分かります。一般にはキュビスムの印象が強いので、彼の抽象的な作風を表層的に汲み取って、それを模倣しながら、なんとなく芸術を気取ることも今日では可能でしょう。ヘタウマというようなよくわからない概念を捏造して、出鱈目がそこかしこでアートにまで持ち上げられています。百歩譲って、音楽や絵画というアートの現場でしたら、確かに言語を追い越すような速度で、作品から感情が立ち上がることもあるでしょう。胸を打つこともあるでしょう。でも、あなたの場合、歌垣で想いも身体も寄せ合いたいのだと、具体的なメッセージを伝えるべきだったのではないでしょうか」と肘は続ける。俺はぐうの音も出なかった。

「そして、これは肝腎なことですけれども、例えばエモという音楽やジャンルがあるのだとして、それをやっている側が、自分たちがエモーショナルだから伝わっているのだとアピールするのは間違っているように思います。音楽的な技術、あるいは言語的な技術では追いつけない身の内に宿る感情を、どうにか持っている技術で捕まえて、音楽や言語に変換して放出する。全力で、それに邁進する。追いかけて追いかけて、追い続ける。それでも、捕まらない。僕や私が感じていることは、音楽や言葉では丸ごと捕まえられないんだと、結果的に逆の言い回しになってしまうくらいの表現が、本当の意味でエモーショナルだと思うのです。作っている本人はきっと、まわりの人たちがどれほど賞賛してくれたとしても、未完成だと言うのではないでしょうか。伝えたいことに辿り着いていないのだ、と」

返す言葉がなかった。酩酊を極めた夜にも、肘は相変わらず、ジンジンと俺を問い詰めるのだった。

しばらく惚けた後、思い立ったように、俺は歌垣に参加した。肘の痛みはすっかりなくなっていた。

キャイキャイと方々で浮かれあがっている男女の集団をかき分け、ここぞ場の中心、と思わしきところに立って、丹田に気を集めた。そして、弛んでいる夕暮れ時の空気をゆっくりと吸って、誰にも向けずに、しかし誰にでも向けているのだという態度で、俺は歌を詠んだ。たった、独りで詠んだのだった。

うわ、なに此奴、寒っ、というような感情が一斉に自分へ向けて立ち上がったのが分かった。場違いだから追い出そうというような排他的な性質ではなく、もっと陰湿な、どういう奴か分かった時点で死ぬほど馬鹿にしてやろうといった悪意が込められた視線が俺を刺すというよりはぬらぬらと纏わりつくようだった。

そして、もう一度、俺は力を込めて同じ歌を詠んだ。

## 第十九回「市庭⑰」

証言　彦三郎（農人）

九回目の詠歌の後ですかね、空気が変わったのは。最初はなんというか調子外れで、声も裏返っていたし、何より本人がどのくらいの声量で詠みあげるのが適当なのか、はかりかねているような感じだったんです。僕の連れなんかは目を見合わせて、妙な奴が出てきたね、ウケるわぁ、みたいな感じで脇のあたりを突っつき合って、一丁からかってやろうかという気分を内心に捏ねはじめていました。

でも、勘がいいのか、四回目くらいであるべきところにいろいろなものが収まるような感じがしたんです。場に対する声量とか、声の張り方だとか、表情や身振りだとか、器械体操の選手がスタっと静かに着地をしたときのような、捨てようか迷っていたクッキーの空き箱が学習机の引き出しの空きスペースにぴったりとハマったときのような、なんともいえない爽快感があったんです。四回目でそんなことを感じたのは、耳の肥えている僕だけだったかもしれないですけれど。

それで僕はなんだかすごい奴が来ちゃったなと思って、ちょうど歌垣の輪にもうまく入れていなかったし、これはなにか面白いことが起こるんじゃないかと、退屈しのぎに彼の歌を数えはじめたんです。何回同じ歌を歌うのかなぁ、みたいな漠然とした興味もありましたし。独りかよ、みたいな侮蔑の念からの注目もありました。連れがいないっていうのが当時は珍しかったですから。

それで、九回目ですね。ええ、忘れもしません。誰も言葉にしなかったですけれど、ビっと電撃が参加者それぞれに走ったんじゃないでしょうか。意識よりも先に内耳の細胞が反応して、身体の他の器官が止まっちゃうというか。一瞬、場が静まりましたから。そんなことって滅多にないんですよ。大概の場合は、会場のあちらこちらで男女による散発的な詠歌の高まりが発生して、段々と盛り上がって、上りつめたところからどんどんと解けて、輪というか塊のようだった興奮は個人的なものに分かれて行きます。散り散りになるんです。なかには雑木林の暗がりへいそいそと移動する者たちも出てきますし、その場でいろいろとはじめる者も現れます。世情を離れた色恋の場ですから、それは必然でしょう。でも、そんな雑念とした場所に突然の静けさが生まれたんです。痴話喧嘩の末に思い余って女の首を絞めただとか、気の狂った半裸の老婆が意味不明な言葉を喚き散らして暴れるだとか、そういう事件がこれまでになかったわけではないですが、それでも、このときのように場が静まることはそれまでなかったと思います。

その後のことはなんとも説明するのが難しいですね。堰を切ったように、元来の独特な節回しに躍動感が出たというか、歌ってるのに叩いてるみたいな発声に変化していったんです。日本語って、それなりにマイルドというか、ノベーっと母音を伸ばして、長い音符で倍音や喉の震えを楽しむことに向いていると思うんですけれども、そういう性質や慣習を打ち破るように、ダッとかガッとかいう濁音を彼が交ぜはじめたんです。斬新と奇妙の間をつくような唱法でしたけれど、古典的な歌唱法の魅力も孕んだままで、不思議と違和感がなかったんです。むしろ拍子のようで心地が良かった。足踏みとか、手を叩いたりだとか、身体のどこかを動かして参加したくなるような律動だったんです。

みるみるうちに、僕も含めて、聴衆が巻き込まれていきました。ＢＰＭがずんずんと上がって、当時の歌垣では考えられないところまで上り詰めたと思います。

証言　何某女《なにがしのにょ》（物売り）

私が遍歴の仲間たちと歌垣に辿り着いた頃合いには、人だかりができていました。太陽の残光が西の空で尾を引いて月明かりを感じるにはまだ明るい、そんな薄い闇のなかで黒山がグン、グン、と脈を打っていて、その中心で誰かが歌を詠んでいるだなんて、遠くからは想像もつきませんでした。実際、喧嘩かなにかだと思いましたから。

近づくにつれて、人々が同じ歌を詠んでいることが分かりました。私どもはいろいろな地方を巡り歩きますから、方々で歌垣が行われていることを知っていました。それでも、このような熱狂を感じたのは初めてだったと思います。詠歌の独特なスピード感もさることながら、その場にいたほとんどの人が同じ歌を詠んで身体を揺らしているだなんていう異様な光景を見たのは、生きているうちではこれっきりでした。

私は居ても立ってもいられずに、輪の中心を目指しました。熱狂の正体をこの目で見てみたいという気持ちを抑えられませんでした。人波を掻き分けながら、妙な熱が左右の恥骨の結合部のあたりから湧いてくるのが分かりました。それは胸をゾワっと通り過ぎて、頭頂部で破裂しました。全身がカッと熱くなりました。たまらずに側にいた男の首に手を回して抱きつき、座り込むようにその場に引き倒しました。

証言　鼠A（野生動物）

私は当時、せっせと餌を探しておりました。遍歴の商人などが落とす雑穀などにあやかろうと、歌垣付近の納屋などに身を潜めつつ、チャンスがあれば近寄って、ポリポリと豆などを齧っておりました。そうしているうちになんだか、妙に地面が振動しまして、なんか熊でも来たのかな、そんなくらいに考えていたんですけれども、みるみるうちに人々がドスッ、ドスッと足を踏み鳴らしながら集まってきまして、ヤバイなぁとか思ったんですが、口々に唱える呪文のような文言が加速してクライマックスを迎えたころには、どこへも逃げられないようになってしまいました。こういうとき、鼠業界では死んだふりっていうのが定番なんですけれど、私はそうしている間に、ザスっと踏まれて死にました。

証言　鼠B（野生動物）

よく分かんないなぁ。チュー。

## 第二十回「市庭⑱」

同じ言葉を連続して発語することは、存外に気持ち良かった。ほとんど捨て鉢になってやったことだけれども、何度か詠っているうちに肩に入っている力が抜けていくような感覚があった。その後は、肺の前面から咽頭のあたりに連なる振動が食道付近を心地よく登って行き、鼻腔を経て頭頂部から突き抜けるような感触に変化して無、というか真っ白、もしくは透明というような心境に辿り着いたのだった。詠うという行為を意識せずとも、自動操縦のような状態で発声していた。

それは、さながら太平洋を横断する巨大船舶の船長のようでもあった。

数日間、あるいは数週間にわたって延々と海という状況で、緊張しながら舵を握り続けることは不可能だ。だから、まあ、岩礁とかがないような海域ではオートパイロットに切り替えて、「あとは諸君に任せて、私は船室で壱岐の麦焼酎をチビチビやりながら週刊大衆などのゴシップ誌を読んで寝ることにする。航海の安全をよろしく頼む。なにかあったら起こしてくれたまえ」と船長は言うのであろう。船員たちは船長の就寝を待って、それまでの緊張を解き、「船長、絶対袋綴じ開けてるよなぁ」と、朗らかに雑談をはじめるのだ。

というような感じで、身体中の細胞は船員たちのような解放感に満ち満ちて、躍動した。

いつの間にか手を打ち、踵で地面を踏み鳴らし、腰をグイングインに振っていた。それに合わせて、息遣いも激しくなり、いよいよトランス、素面でとんでもない桃源郷に着地して、気がつけば群衆のど真ん中で熱狂そのものだった。地鳴りのような唱歌と喝采が聞こえた。

そして、更に加速して、ほとんど無我のような心境に没入して、そこからの記憶がなかった。というよりも、事後から振り返ると、断片のようになった記憶が折り込みチラシのように散乱しており、それを拾い上げても時系列につなぎ合わすことができなかった。

気がつけば、ふたりの女人に挟まれるように半裸で睡眠、いや、玄武岩のような顔で気絶していたのだった。

その日からは一躍、歌垣はおろか市庭の寵児であった。

詠って抱いて、抱いて詠って、飲んで飲んで、吸って吸って。とにかく男にも女にもモテて、えらいことになって、ホゲホゲと浮かれた。実際に五ミリくらい地面から浮き上がっているのではないかと錯覚するくらいだった。「実は、私、五ミリくらい浮いております」と虚偽の告白をしても信じてもらえたかもしれない。

ところが、日に日に身体のなかに抱えた空虚がずりずりと肥大して、持て囃され方と反比例するように、精神は落ち窪んだ海底に沈澱していった。まったく満たされることがなかった。実像と評判の乖離が内なる虚無を肥育し、太って太って、ネガティブの肥満児だった。

もちろん、己の詠み手としての才能が開花し、詠歌の技術が突出していたことは間違いのない実感だった。けれども、噂や先入観というのは恐ろしいもので、こちらが実力の何割も発揮しなくとも、先方が勝手に打ち負けてしまう。「やっぱり違いますねぇ、先生。鼓膜を通り越して内耳のあたりがビリビリきましたよぉ」と適当なお追従を述べながら得意げな顔をして、自身のブランディングに努めるヤツも出てくる。こうなると最早、詠歌の質などは皆目関係なく、それぞれがそれぞれの承認欲求を実現させるために「これむっちゃいいですやん」と分かった風を装っているのであって、それは、別に歌を詠んでいる人間が偶像としての役割を全うして批評の的になってくれれば構わない、といった風情だった。

俺の精神は深淵で陰鬱のヘドロとなり、深海穴子のようにぬらぬらと暗部を彷徨うのみだった。

抱えた負の感情とは裏腹に、荘園経営の副業ではじめたアパレル事業というか養蚕業が成功して、経済的には満たされた。ところが金銭的に満たされることが精神の安定にはつながらず、むしろ自己否定へのエンジンとなった。自分を懲らしめるべく、加速する陰鬱な想いを街中で泣き叫ぶように詠って、狂人を装ったけれども、かえって評価され、フォロワーまで現れて偶像化に拍車、いよいよなにがなんだか分からなくなって、今日に至った。

というところを西門に洗いざらいぶち撒けたところで、堰を切ったように目から汁のような汁、つまり汁が流れ出た。嗚咽していた。

西門は穏やかで、そしてなにより静かだった。夕暮れ前の凪いだ海のようでもあり、ここなら溺れても良いかなと思えるくらいの包容力があった。

そして「唱えよ」と、俺に言うのであった。

俺は西門に続いて自宅の門を出、西門を模して経を唱えた。

手を打ち、踵を踏み鳴らし、腰を振った。涙が流れ落ちた。

畦道を抜け、農道を歩み、いくつかの集落を越えて進んだ。すれ違う農人や職人、乞食、犬猫などの畜生が我々の後にいつの間にか連なり、列は二、三十人に膨れ上がった。

市庭中央の通りを抜けて、坂を駆け上がって広場に辿り着くと、様々な人が歌を詠みあっていた。それをかき分けるように進み、我々は経を読み続けた。はっきりと場違いで異端であったが、内面に迷いが湧き起こることはなかった。

「市庭」おわり

「麺」

## 第二十一回「麺①」

禅寺のお坊さんたちがうまそうな麺を食べている、そんな噂を聞いた私は居ても立ってても居られませんでした。

というのも、私は三度の飯よりも麺類が好きで、とは言え、当時は一日三食というのは一般的でなく、一日の食事は二度でしたので、二度の飯より麺が好きと申し上げたほうが正しい表現かと思いますが、私はとにかく麺類に目がないのです。

どのくらい目がないかと申しますと、私が没してから既に七百年近く経ちましたが、浄土に麺類がなかった場合のことを考えるとおちおち成仏するわけにもいかず、毎日霊魂として大手饂飩《うどん》チェーン店に通うほどです。

もちろん、実際には食べられません。霊魂なので胃も腸も、というか肉体がありませんから。

ところが、皆さんもお供え物とかを墓前や仏前に捧げたことがあるかと思いますが、我々も食べた気分になれるのです。実体がなくても我々が霊魂として存在できるように、食べ物にも実体を離れた霊的なエネルギーがありまして、それを食べるというよりは饂飩そのものに触れる、みたいな形で楽しんでおります。ここから先は口で説明するよりも、実際に体験されたほうが早いかと思いますので、我々の仲間入りを果たすまでは、実際に食すことを存分にお楽しみくださいと、ここでは申し上げたいと思います。

さて、当時の私の麺ライフはと言いますと、索餅《さくべい》という料理を好んで食べておりました。

索餅とはなんぞや、とお思いになった方がほとんどかと思いますので、端的に説明しますと、小麦粉と米粉で作った麺です。奈良時代以前に中国から伝わりました。麦縄とも呼びます。

どうして別名が麦縄、索餅a.k.a.麦縄かと申し上げますと、その形状が縄のようだったからです。二本の麺を標縄のように捻り上げ、油で揚げて食べる索餅というお菓子も麺の索餅とは別に宮中で食べられていたのですが、そのお菓子の形態から麦縄という言葉が生まれて、麺の索餅にも使われるようになりました。

麦という文字を冠しているので、当然麦百パーセントの麺であろうと考えられる方が多いかと思いますが、当時は小麦粉と米粉を混ぜ合わせて作っておりました。

と言うのも、お米は脱穀、精白するとき杵と臼で搗くわけなのですが、このときに多少の砕け米が出ます。お米もそのような形状になってしまうと、湯で溶いて重湯にして飲むしかなくなってしまうのですが、小麦粉と混ぜたり、それ自体を練ったりして蒸せば、麺や団子として再利用することが可能です。なんと合理的なことでしょう。

ただ、米粉は小麦粉に比べて粘り気がありませんでした。

粘り気がないということはブチブチと切れやすいということです。はたまた、捏ねて延ばして柵状に細く切ってから熱湯などで茹でますと、十中八九溶けてしまいます。無茶苦茶に濃い蕎麦湯、みたいなわけの分からないドロドロに成り果てます。それでは困ってしまいます。なので、蒸していました。蒸してから汁に入れたりもしました。これによって、餛飩のようでもあるけれどそれとは少し違う、餛飩と団子の中間くらいの食感の短い麺という体裁をキープすることができました。

現代を生きる皆さんには信じられないかもしれませんが、最初の麺類である索餅が伝わったころ、このような素朴な麺料理は天皇や皇族、または位の高い貴族しか食べることができませんでした。

私なんて正六位ですから、当時に生まれていたならば食べられるわけがありません。私から麺類を取り上げたらどうなるでしょう。考えただけでも恐ろしいことです。生きがいを失ってしまう、とは言え、現在はすっかり死霊ですけれども、なにか大事なものを根こそぎ抜かれたような心持ちで、世界が破滅するまで悪意を発信し続ける地縛霊に成り果てたかもしれません。

ただ、私が生きた時代はそのころとは違いますから、宮廷料理の幾つかは民間にも伝播して、七夕の宴席で食べたり、市庭などで買って食べたり、私みたいな地下《じげ》の者も自宅で食べたりするようになりました。

一番に気に入っていたのは、醤《ひしお》で和えた索餅でした。

小豆を煮た汁と一緒に食べるのも乙ですけれども、甘くない汁粉みたいな感じがして飽きます。その点、醤には肉やら大豆やら魚介やら、いろいろな種類がありますから、飽きることがありません。

まあ、その、導入が長くなりましたけれど、索餅という太めの麺が私の大好物だったのです。当時は麺と言えば索餅オンリーでした。

ところが、禅寺の坊さんたちが精進の料理として小麦の麺を宋の国から持ち込み、これが滅法うまいと評判になったのです。いまで言うおやつである点心を僧侶たちと共にした者が言うのですから間違いありません。温かく黒い汁に浸けて麺を食すそうなのですが、この汁がこの世のものとは思えないくらいに美味で、なんなら風呂桶一杯に張って肩まで浸かりたい、そのようなことを申しておりました。

無類の麺好きの私としては、どうにかして精進の麺を食べてみたい、できるならばレシピなどをゲットして自宅で存分に楽しみたい、そういう気持ちがふつふつと湧き上がって擦り切り一杯に胸中に溜まり、あと少しで漏れ出て発狂するという状態になってしまいました。

と、ここまで話したところで、そろそろ日課である饂飩屋へ行く時間になってしま

います。

いました。今日は茹で釜のあたりに控えて、釜揚げの熱気を感じたいと思っておりま
す。

この続きはまた次号でお話し申し上げます。

## 第二十二回「麺②」

ご無沙汰しております。麺好きの浮遊霊こと、私です。

先々月の号にて、「この続きは次号で」などと申しましたが、急に守護霊の仕事が入りまして、連載をお休みすることになってしまいました。楽しみにしていてくださった方にお詫び申し上げます。

私は一応、浮遊霊ですから、普段はゆふらゆふらと饂飩屋や製麺所で文字通りに浮遊しまして、楽しい死後生活を送っております。ところが、そればかりしていると霊魂としての徳のようなポイントがグイグイ減ってしまいまして、下手をすると皆さんが悪霊と呼ぶような存在に転落してしまうことがあります。それならまだしも、自分が人間だったことを忘れて、怨念以下のなんかふわっとした不快感のような存在に成り果てる者もおります。

それでは具合が悪い。いつまでもへろへろしていたい。そういった浮遊霊としての願望を引き続き叶えるために、私は月に一度、守護霊の補佐をするアルバイトをしております。あくまで本職の方をサポートするお仕事です。

先月も、いつものように派遣会社から斡旋してもらった守護霊のバイトに出かけたのですが、なんともブラックな職務に出くわしてしまい、欧州と南米にまで行く羽目になってしまいました。

自由に日本に帰って来られないというだけで裁判を起こしてもいいくらいなのですが、十七連勤という過酷な職場で心身ともにすり減り、訴訟を起こすような霊力が残っておりません。霊魂にもそういった徒労のような感覚があるのです。私も一介の霊魂として憤っているのだということだけは、どうかご理解ください。

現場では職務として憑いた方が体調を崩したり、間一髪で事故などの難を逃れたり、安心しきった放屁の際に脱糞したりと業務的に忙しく、ゆっくりと海外の麺事情について堪能する時間がなかったのですが、チリのレストランで食べた麺料理がとても美味しかったことだけが美しい思い出として回想されます。トマトと牛肉をベースにして大豆やズッキーニ、根菜などを煮込んだチリのトラディショナルなスープに、きしめんとフェットチーネを足してきしめん贔屓な心持ちで打ち直したような平たい麺を入れた料理で、大変に美味しゅうございました。

さて、私のアルバイトの話はこれくらいにしまして、先々月の続きに戻りたいと思います。

禅宗の坊さんが言葉に表せないほどうまい麺料理を食べているという噂話を聞いた私は気が狂いそうだった、というところまでお話ししたと記憶しております。

そういった噂話を耳にすれば、なんとしてでも食べてみたいと思うのが人情ではないでしょうか。

さっそく禅寺の門を叩いて、すみませんがとても美味しい麺料理があると聞いたので食べさせてください、といきたいところでしたが、私のような位の低い官吏がひとりで訪ねていったところで、適当にあしらわれて追い返されるのが関の山です。

また、時代の最先端を行く麺料理を食べている僧侶たちですから、当然のことながら権威と結びついておりました。そういった場所で無礼を働きますと、長年にわたって積み上げた私の業績も無に帰す、つまり職を失ってしまう可能性があります。

それでは不味いということで、私は位の高い方をお連れするのがよいのではないかと考えました。お零れに与ろうという魂胆です。

とはいえ、私が勤めておりました雅楽寮には、禅寺で点心を振る舞われるような位の高い人間はおりません。「頭《かみ》」という上役がいるのですが、雅楽寮のトップにもかかわらず官位は従五位です。

幸いにも雅楽寮と密接に関連する部署の長には、かなり位の高い方が就いておられました。大歌所や楽所《がくそ》という雅楽や歌舞曲に関する部署があり、各長官は三位以上、いわゆる公卿でした。このあたりの役職の方を巻き込むことができれば間違いありません。

口にするのは簡単ですが、当時の大歌所の長官は中納言が兼務しておりましたので、さすがにおいそれとお誘いすることは叶いません。そうなると、楽人たちの詰所であります楽所の長官を、どうにかしてお連れする以外に選択肢はありませんでした。

ひとまず、私は楽所にて、坊さんの食べている極ウマ麺の情報を流布することに専心しました。

しかし、ただのグルメ情報では、『ぐるなび』を頼りに楽所の長官が従者たちと禅寺に向かうというようなことになってしまって、私の参加する道理が生まれません。ですから、私は肝心なところを隠匿した噂話を作り上げました。つまり、私のところに来なければ、美味麺情報に関する最後のドアが開かないような構造の噂話にしておいたのです。

この続きはまた次号にてお話しします。

# 第二十三回「麺③」

皆様、明けましておめでとうございます。

数万部発行の月刊誌という性質を考えますと、読者のなかには喪に服している方がいらっしゃるのではないかと想像します。ですから、藪から棒に「おめでとう」とはなにごとだと感じられる方も、少なからず居られることでしょう。しかし、私は浮遊霊、つまり死者でありますので、その点はどうかお許しください。

私はゆふらゆふらと現世をいつまで漂っていられるのか保証のない、不安定な死後の暮らしを現在に送っております。と言うのも、私をこの世にとどめているのは麺類に対する深い執着でございます。ですから、うっかり絶品と呼ぶべき麺料理に出会いますと、成仏してもいいかな、などという気持ちになってしまうのです。

亡者となってから数百年、これまで私には幾度も成仏しかける危機がありました。たとえば、江戸に幕府があったころ、確か一八〇〇年代の前半ですから、文化文政の時代だったでしょうか。守護霊補佐のアルバイトで憑いた下級武士が参勤する大名の従者として江戸に出発し、そのまま一年間、武士と共に江戸の上屋敷に仕えて暮らす羽目になったことがありました。

その当時に取り憑いていた侍の、ある日に食べた鴨南蛮という大変美味しいしっぽく蕎麦が何度目かの成仏クライシスとして回想されます。

現在では蕎麦屋の定番メニューとなっている鴨南蛮ですが、当時はバッキバキの最先端で、蒸し蕎麦切りやぶっかけ蕎麦に続くサードウェーブ系蕎麦として江戸は馬喰町に登場し、じわじわと人気を博しました。饂飩派の私ですら、いよいよ蕎麦も来るところまで来たなと感心し、歴史も浅く卑俗な麺だと見下していた考えを改めました。内に抱え持っていた偏見を恥じ、虚空に消え入りたいほどのショックを受けました。

ただ、使っている肉が鴨ではなく、もっぱら雁であることを知り、悔いのような念が立ち上がって、この世にとどまることができました。

また、余談ではありますが、数年前に「ラーメン二郎」なるドカ盛り拉麺を食べたときにも、麺類と胃袋のデッドエンドに触れたような気分になり、危うく成仏してしまうところでした。

こういった経験を思い起こしますと、現世に片足を残して様々な麺類に触れ続けられることが大変に喜ばしく、同時代を生きる皆様に対しましても、率直に「おめでとう」という言葉を発して祝わずにはいられないのです。

さて、前回は「ヤバイ麺類の情報を持ったヤツがいる」という噂話を楽所にて吹聴したというところまで話を進めさせていただいたと記憶しております。

「Bad news travels fast.」という言葉がありますが、悪い話だけではなく、食べ物の話も割合に早く伝播するものです。どのような人間でも、内心に少なからず食い意地を秘めております。ですから、ヤバ麺の噂は瞬く間に楽所中の人間の知るところとなりました。

それから暫くして、噂は私が予定していた通りに楽所の長官の耳に入り、頭という上役を通して、ヤバ麺情報についての探りが入るようになりました。

しかし、ここですべてを打ちまけてしまっては元も子もありません。長官は私を頼ることなく、従者たちを引き連れて禅寺の門を叩くことになるでしょう。無論、禅僧たちが楽しんでいるドープな麺を食するという私の願いは叶いません。

ですから、引き続き肝心なところを隠しながら、私を連れて行く以外に策がないと、どうにかして長官に思わせる必要がありました。

とは言え、ご存じの通り、私の持っている情報は「禅寺の僧侶たちがむちゃくちゃ美味しい麺を食べているらしい」という程度のものでした。敢えて噂話には登場させずに隠しているキーワードと言えば「禅寺」くらいのものでしたから、問い詰められたところで、提供できる情報はペラッペラなうえにぼんやりとしていました。

こういうことを書きますと、私の生前の人格、ひいては霊魂としての魂格を疑われてしまうかもしれませんが、当時は造言以外に手段がありませんでした。

しかし、長官相手の造言というのは大変な緊張感を伴います。なにしろ、楽所の長官は殿上人ですから、そういう御方を欺いて、後に虚偽が露顕するようなことがありますと、それは大変なことになります。官吏としての地位を失い、どこかのど田舎に左遷されて、うらぶれた余生を過ごすことになってしまいます。よって、十分な注意が必要でした。

大脳新皮質を目から絞り出すような思案の結果、私は禅僧たちが作ったドープな麺を食べたことがあるという空言を噂話に付け加えました。

さらには、坊主たちは大変な吝嗇家であり、客人には手を抜いたレシピで麺類を振る舞うらしく、一度食べたことのある私でなければ麺の出来栄えについて判断できないだろう、といった虚言も加え足し、上役の耳に入るようにそれとなく吹聴しました。

将来のことを考えますと、ええいままよという捨て鉢な気分で五臓が一杯でありましたが、麺に対する並々ならぬ執着によって、思い留まることができませんでした。

その後、私がどうなったのかについては次号にてお話しさせていただければと思います。

## 第二十四回「麺④」

お久しぶりです。私です。

暖冬という触れ込みで幕を開けました今年の冬も、年明けから冷え込む日が続いておりますす。読者の皆様、元気にお過ごしでしょうか。

世間ではインフルエンザと呼ばれる感冒が流行している模様で、私のような浮遊霊にとっても他人ごとではありません。と言うのも、先日、守護霊のアルバイトで取り憑いた少年の通う小学校でもインフルエンザが猛威をふるっておりました。ほとんどのクラスが学級閉鎖に追い込まれ、私が担当しました少年も例外なくインフルエンザに罹患しました。

浮遊霊は身体がないのだから感冒など関係ないではないか、などと訝しがる方も居られると思いますが、高熱でひたすら寝込んでいる少年をじっと見守る、というような業務ははっきりと苦痛です。ほとんどその場に固着してしまうのではないかと感じるほど、することがありません。普段からゆふらゆふらゆふらと町中を好き勝手に浮遊している私にとっては、永遠にも近い時間でした。

随分と昔のことになりますが、思い起こせば私が生きていた時代にも流行感冒のような病気が存在しました。ところが、当時はウイルスや細菌といった病原体は認知されておりませんでした。何分、顕微鏡なども存在していませんでしたから、致し方のないことです。ほとんどが祟りだと考えられていました。タミフルやリレンザといった特効薬があるはずもなく、もっぱら祈祷で対処しておりました。それでも効果がない場合は遷都というような大掛かりな厄除けも大真面目に行われたわけです。決して大げさではなく、流行り風邪は未知なる厄災、畏怖の対象であり、神秘であったのです。

そういう時代を経て、現在では鼻の穴に長めの綿棒を突き入れるなどして、極めて微細なウイルスの型まで分かるようになりました。誠に科学というものは神や仏をも恐れぬ所業です。いずれ私のような浮遊霊も白日のもとに曝されることでしょう。ただ、私どもの安寧が侵されるようなことになる場合には、全日本浮遊霊組合の力を結集して、祟りとは何たるかを示したいと考えております。霊魂にも守るべきプライバシーがあるのです。

さて、前回の続きでございます。

どうしても極ウマ麺を禅寺で食べたい私は、勤務先の部署の長官に伝わるように、極ウマ麺の噂を流布しました。私こそが麺の情報を知っていて、案内役として最適である、というか、むしろ私を連れて行かないと食べられない、といったような内容です。もちろん、多分に虚偽を含んでおりました。なんとしても、禅僧が食す麺を食べてみたいという執着心からの行いでした。

極ウマ麺の情報はみるみるうちに広まって、私はついに長官の邸宅に呼ばれました。

「で、お前、あれなの、なんかめちゃくちゃうまい麺を知ってるって噂だけどマジなの？」

「はい。ここから北にしばらく行ったところにあります禅寺の僧侶が、宋から小麦で作った麺を持ち帰りまして、昼食や午前中のおやつとして食べております」

「本当に食ったことあんの？　索餅とどうちがうの？　お前、ガセネタだったら大変だよ、どっか流しちゃうよ、島とか。びゅーって」

「誠でございます。それは大変に美味でございまして、索餅の麺は米粉を含んでモチっとした食感が特徴でございますが、禅僧たちはそれよりも細い麺を温かい汁に浸けて食べております」

もちろん、私が知っております麺情報も噂の域を出ませんから、ほとんど想像で喋りました。

「食わせてよ、それ。どうすりゃいいの？」

「つきましては、私がご案内します故、禅寺にお越しいただきまして……」

「嫌だよ。遠いじゃんだって。たかが麺でしょ。わざわざ牛車に乗って行くほどじゃないっしょー。麺くらいで阿呆でしょー。だって俺、三位だし」と、私の言葉を遮るように長官がおっしゃいました。

「確かに、ここから少し距離がありますが、得も言われぬ極ウマの麺でございまして、是非とも三位様に召し上がっていただきたく存じます」

「だから、嫌だっつってんじゃん。だって禅寺とか暗いよ? なんかバイブスが陰って感じじゃん。ダウナー系っつうか、自省系っていうか。俺、そういうの無理だわー。得も言われぬとか、そこまで言うなら麺食いたいけど、禅寺無理だわー。なんとかなんないの? 流すよ、びゃーって、複雑な形の半島の先とか」

気まずい空気が対面所に漂いました。長官と共に行かないことには、禅寺で美味なる麺にありつくことができません。そして、それどころか、職を失って、どこか侘しいところに左遷されてしまいます。

「作れないの? お前、食べたことあんじゃん? 再現してよ、うちの台所で。材料はなんでもあるからさー」

「とは言いましても、味覚に残ります記憶を辿ったところで、なにぶん詳細なレシピを存じ上げません。一体全体、どのような材料と製法を用いて、あのような麺を拵えているのか、私には皆目見当がつきませんので……」

「そうなの？　想像もつかないの？　マジかよー。イマジンしろよー。再現できない味なの？　禅寺行く以外にないの？　うわぁ、嫌だなー。俺、坊さん嫌いなんだよー。アカデミックってひと筆書きしたような神妙な顔して、袈裟の下では寄進のことばっかり気にしてんだよ、あいつら。麺ぐらいのことで偉そうにされたくないわー」

長官はすっかり拗ねてしまった様子で、足を前方に放り投げるようにして後ろに反り、半分横たわったような座り方で続けました。

「とにかくさぁ、お前、禅寺行って聞いて来いよ、レシピ。従者つけるし、書面も書くから。ぴゃーって行って、すんませんっつって、習ってきて。ほいで、うちの台所で作って、それ。頼むよ、マジで。できなかったらぎこぎこぎこーって、お前、島な」

というわけで、大変な窮地に立たされました。

続きは、次号にてお話しいたします。

## 第二十五回「麺⑤」

お久しぶりです。先月はいろいろありまして、皆さまにお目にかかることが叶いませんでした。

というのも、毎度のことではありますが、今回も酷い現場に派遣されてしまいまして、二週間ほど、まったく身動きが取れずにおりました。

霊魂のくせして身動きが取れないとはどういうことだ、というお叱りもあるかと思いますが、守護霊のサポートのアルバイトで取り憑いた方が小説や随筆の執筆を生業としておりまして、その方が編集という役職の人たちに連行され、一軒家のようなところに幽閉されるという事件が起きました。いわゆるカンヅメという軟禁労働に巻き込まれてしまい、禅寺の激ウマ麺についての報告ができない状況だったのです。

本来ならば一週間ほどで、カンヅメと呼ばれる労働は終わる予定だったのですが、なにぶん取り憑いた作家が怠惰で困り果てました。掘り炬燵に寝転んだり、蜜柑の皮を剥いたり、その皮で絵文字を作ったり、そうかと思うと縁側で陽に当たるなどして惚けたり、とにかく筆は遅々として進まず、私も編集部のスタッフもイライラしておりました。そうこうしているうちに予定より倍近い時間がたってしまい、今日に至るわけであります。

さて、禅寺へ行って激ウマ麺のレシピを教わって来い、と、私が長官から命令を受けたところまでお話ししたと思います。

本当は長官自ら禅寺へ赴くところへ従者として参加して、そのおこぼれに与って大好きな麺料理を楽しもうという魂胆だったのですが、私の目論見は見事に外れて、長官の邸宅で麺料理を再現しなければ左遷されてしまうことになったのです。

とはいえ、いきなり禅寺へ訪ねて行って、麺料理の作り方を教えてくれ、と申し上げても、門前で追い払われてしまいます。そういう場合には、位の高い長官からの書面が必要でした。

ところが、面倒なことに、書面に「レシピを教えてくれないか」と記してあったとしても、禅寺の側には教える道理がありません。「え、なんで?」という話です。「土地とか金とか絹とかくれないの?」と寄進を要求されることだってあり得ます。そういった権威の要求への処し方については、むしろ私よりも長官に心得がありました。

「だけどまあ、手紙書いて教えてっつったって、どうせ坊主に土地とか金品をせがまれんのがオチだから、お前さ、修行してこいよ。上手いこと書いとくから。なんつうか、信仰心っつうの? 仏道を理解するために、まずは食いもんから自分を見つめ直したい、みたいな、それは断れないわぁ、みたいな文章書いといてやるから。禅寺の膳所でさ、実際に作って覚えてこいよ。雅楽寮はしばらく休んでいいからさ。か、島？行っとく？　島」

ということで、急な展開ではございますが、私は長官からの書面を持って、従者と共に禅寺に行くことになってしまいました。

禅寺へ着いて門を叩き、下っ端の僧に書面を渡すと、やや位の高そうな袈裟をかけ、清潔感のある法衣を纏った僧が現れて、私は修行中の僧侶たちの控える大きな部屋へと通されました。そして、他の僧侶たちと同じように、地味で質素な衣装に着替えさせられました。

当時の出家僧は律令制によって剃髪が義務付けられていました。もしや、私も僧侶たちと同じように頭を剃り上げられてしまうのかと肝を冷やしましたが、長官の文才のお陰なのか、短期的な留学という立場が認められ、剃髪は免除されました。従者である長官の家人は、その場で髪を剃られ、ビカビカの青光りに成り果てて、どこかへ連れて行かれました。

支給された直裰《じきとつ》は全体に黒色でしたが、襟首のあたりから胸にかけては色も落ち、くすんだ灰色へと変色し、ところどころに黄ばみがあり、酸味と苦味の角に鉋をかけたような、ヌメッとした臭いが薄っすらとしていました。

おそらく、仏門には入らず、短期的な留学であることへの侮蔑のようなものが、その臭いの意味するところだったと思います。クサッと声をあげてしまいそうでしたけれど、こうした場合にそのようなリアクションを取ると、先方の排他的な態度がエスカレートしてしまうかもしれません。そういった人間の性質はいつの時代でも変わりませんから、少しの不満は飲み込んで、私は膳所、いわゆる台所の作業に加わることになりました。

さっそく麺料理の作り方でも教わろうかしら、そのように考えておりましたが、まず私が驚いたのは台所の大きさでした。修行僧が百人以上いるような大きな禅寺ですから、必然的に大量の料理を拵える必要があります。狭いキッチンではどうにもなりません。

そして、大量の料理を作るということは、ある程度の分業が必要です。野菜を洗う、野菜を切る、出汁を取る、麺を作る、米を搗く、といった作業もそれぞれ、担当する僧が決まっていました。さらには全員分の調味料まで製造していましたから、業務が多岐にわたっておりました。

十数人からの僧が食事の仕込みを行っている調理場を抜けて、私が案内されたのは寺の境内の奥まったところに建てられた蔵のような建物でした。

建物に近づくにつれて、ツンとしているんだけれど、そのツンが鼻腔の奥で鈍角に曲がる、みたいな、黴くさいような気もするけれども知っている黴のそれとは違う、ギリギリ腐ってない、みたいな匂いが緩やかに漂ってきました。

蔵の中では、醤や未醤といった発酵食品が作られておりました。なるほど、なんとも言えない匂いは麹の匂いだったわけです。

「ええと、麺類の調理をお教えする前に、私ども僧侶の食生活全般について勉強していただきたく、こちらの蔵で醤や未醤の醸造の勉強をしてもらいます」

案内役の僧に言われるがまま、禅寺での勤めがはじまりました。

153
第二十五回「麺⑤」

# 第二十六回「麺⑥」

それからしばらくの間、私に割り当てられたのは大豆を煮る仕事でした。この寺では「豆当番」と呼ばれ、禅寺の台所では食器洗いや屑野菜拾いなどと並んで、仕事に慣れない者の役割でした。

まずは一晩、大豆を水につけてふやかします。そうすると大体、三倍くらいの体積に膨らみます。そして、それを親指と人差し指で摘んで簡単に潰せるくらいになるまで甕《かめ》で炊きます。これが豆当番の仕事です。煮上がった大豆は醤や未醤の原料になります。

とても単純な作業ですから、簡単なので身体的な苦痛はありません。ところが、こういった寺などに勤めて仏道を究めたいと願う身にとっては、豆を煮ることが果たしてどのように悟りのような境地に通じているのか理解できません。ありがたい経典、高僧による説法、そのようなものに触れて僧侶として爆発的に成長したい、と欲するのが人間の有り様というものではないでしょうか。

私としても、一刻も早く麺料理のレシピをゲットしたい、俗っぽく砕いて言い直すとゲトりたい、そのように考えていましたから、豆をふやかして煮る、豆を筵《むしろ》の上に空ける、豆ふやかして煮る、豆空ける、豆ふやかして煮る、豆空ける、豆、豆、を繰り返す生活をしているうちに言い表し難い感情が湧き上がって、胸のなかに充満して行きました。

　実際に若い僧侶たちはクサクサとした心持ちになって、仲間同士で諍いあったり、現代ならば盗んだバイクで走り出したり、有名人の自宅の塀に「バカ」とペンキスプレーで落書きをしたり、パンクロックバンドを結成してコンサートを開いたり、モッシュ、ダイブ、その他、様々な方法で、そのクサクサを処理しなければならないほどクサクサになってしまいました。

　あれから数百年、浮遊霊となった現在の私ならば、そういった物ごとの進まなさ、修行の進まないことに由来するネガティブな感情、執着心、などを克服するために、敢えて豆をふやかして煮るという単純労働が割り当てられたのだと回想できます。が、修行の身である場合、そういったことには気がつかずに、「短時間で成長したい」という考えに執着してしまいます。そうすると、成長したいと思えば思うほど成長できない、みたいな矛盾が生まれてしまって、一歩も身動きがとれないということになってしまうのです。

　ただ、私としてましては、菩薩にでもなって世の中の一切の苦しみに接続しよう、といった高尚な目的で禅寺に来たわけではなく、単に美味しい麺の作り方を知りたかったただけなのです。ですから、二週間もすると、心が俗人的な焦りと不安の気持ちでパンパンに膨れ上がって、どうにもこうにもならなくなってしまいました。

そして、教育係の方に率直に申し上げました。私は麺の作り方を知りたいのだと。翌日からは別の作業を担当することになりました。麦を砕くという仕事でした。砕かれた麦は筵に広げられた大豆の上に撒かれます。大豆に麹菌を繁殖させるためには、麦の粉がかかせませんから、地味ではあって大事な役割です。ところが、ぱっと想像していただくだけで分かるでしょうけれど、小さな杵と臼で麦を砕くという仕事は、皆さんが想像しているその三倍くらい地味な作業でした。豆をふやかしてから煮る、という作業に比べても格段に単純で、はっきり言えば阿呆でもできるような作業でした。朝に境内を掃き清めた後は、トンタントンタン、トンタントンタン、ひたすら麦を砕くのです。

醤仕込みの繁忙期でしたが、それほど沢山の麦の粉がいるわけではないので、午後からは数日間で食べる米や雑穀の脱穀をさせられました。作業としては麹用の麦とまったく同じ要領で、杵と臼でタントン、タントン、ときにボントン、あるいはシンソン、と穀類を搗くだけでした。

はっきりと麺料理から遠ざかったという実感がありました。余計なことを言うのではなかったと後悔もしました。

思えば、「煮る」という行為は麺作りにも通じています。豆の煮方というのも麦の搗き方に比べれば難しいように思え、頃合いを掴むにはそれなりの判断力が必要だったのではないかと、ふやかして煮ている僧侶たちを羨ましく感じるようにもなりました。心の奥底では、ビタミンやミネラルの他、コラーゲンなどのタンパク質が欠乏し、内壁がささくれ立っていくように感じました。それを打ち消すようにタントンタントン、タントンタントン、脱穀に励みました。

するとよくしたもので、なんとなく、体がタントンに馴染んでくるような感覚が得られるようになりました。タンとトンの隙間に耳を澄ませると、なんだか崇高な、透明な何かが広がって行くように感じられて心が安らぎました。

また、タンとトンの関係性を一と二という方法ではなく、もっと細かく複雑に割って、そこに無限の宇宙を感じてから、身体的な快楽を得られるポジションにタンとトンを配置し、それを繰り返す、というような方法で、単純作業に対する苦痛を和らげる技法を編み出しました。ＭＩＤＩによる編集で得られた人力の埒外に、ヒップホップを経て人力が追いついた新世代のジャズ、みたいなジャンルで活躍する打楽器奏者のように、臼に杵を打ち付けてトランス状態を作りだせるようになったのです。

近場で修行していた僧侶たちからは、米や麦、雑穀の類がやたらとうまい、質素な食生活に潤いが出た、肌がツヤツヤする、などという評判も聞こえてくるようになりました。

杵と臼って楽しいなぁ、最高だなぁ、と思う日も増え、豆を煮る仕事から外された
ショックも和らいできたころ、ふと、激ウマ麺からはグングン遠ざかっていることに
気がつきました。

159
第二十六回「麺⑥」

## 第二十七回「麺⑦」

身から出た錆。と言ってしまえば、豆を煮る係から麦を搗くという単純作業に転属させられたことだけでなく、こうして禅寺でSo niceなヌードルのレシピについて学んでいる、というか、未だ学べていない、という状況はすべて自己責任として断罪されても仕方のないことでした。ただ、それでは身も蓋もない、救いがない、などとこぼしたくなるのが人の情ではないかと思います。私は現在、霊魂ですけれども。

タントンと麦を搗くことがそんなに嫌ではなくなってきていた、むしろ好きになりはじめていた、ということは前回申し上げた通りですが、楽所での業務を離れて、こうして禅寺でいつまでも修行の真似事をしているわけには行きませんでした。

大体、どうして麦を臼と杵で搗かなければいけないのか、という根源的な問いも立ち上がってまいりました。

なぜならば、私が生きておりました時代には、すでに水車の動力によって穀物を搗いたり挽いたりする技術がそこそこに普及していたからです。貧しい農村ならいざ知らず、結構な規模の禅寺でしたから、穀物をどうにかするくらいの水力挽き臼及び搗き臼は、土建屋の息子が駄菓子を箱買いする、みたいな感覚で持っていました。もちろん、自前でした。

思えば、水力というのは誠に偉大です。

なぜならば、水力式の挽き臼がなかったら、美味しい麺類を食すことが難しくなるからです。

現代を生きる皆さんには想像を絶することかもしれません。タブレット端末にて、様々なコンテンツをそれぞれの手元で楽しめる時代から、電子機器のような文明の利器がまったくない状況を思い描くのは、実際にその時代を体験しない限り、とても難しいことです。カナ入力はおろか、平成の最初のころは数字のボタンをプッシュして、その組み合わせによって用件を送り合っていました。デジタルネイティブたちからすれば、サイエンスフィクションみたいな話でしょう。それでも、「44933485、テルセヨかぁ。会社に電話しなきゃ」というやり取りが最先端だった時代があるのです。

そういった地平から眺めれば、臼と杵、すり鉢とすり粉木でタントンタントン、ギリギリギリギリギリ、何時間もかけて麦を砕いて粉にして、その量が茶碗一杯にもならないだなんて信じられないに決まっています。

事実、何度も取り上げて参りました索餅というポピュラーな麺料理も、小麦粉が稀少な時代においては高貴な食べ物でした。小麦粉の含有率が現代の麺類よりも低いとはいえ、もっぱら宮廷で食べられていた料理です。やはり、私のような下級役人が日頃から食べられるようになったのは製粉の技術の発達によるものですし、広く一般に、市庭のようなところで楽しまれるようになったのも、製粉技術の進歩と切り離すことができません。

おそらく、今日の小麦粉の美しさについて感動を覚えるという人は、ほとんどいないでしょう。

数百年の間、この世を漂っている浮遊霊の私ですら、最初からこのように白くフカフカとしていたのではないかと錯覚してしまいます。

ところが、このように端正な小麦粉が当たり前のように流通するようになったのは最近のことなのです。古い技術では褐色の表皮などがどうしても交ざってしまい、真っ白い粉にすることが難しかったのです。技術や機械の発展なくして、このような真っ白くサラサラな小麦粉の達成はありえませんでした。

私の大好物である饂飩にとっては、この当たり前に白い小麦粉は命とも言えます。

現在では、栄養分などが考慮されて、有機栽培の小麦を使った全粒粉が様々なパン屋で使われるようになりました。また、広く普及したとは言えませんが、先端系のオルタナ饂飩屋でも使われるようになりました。

しかし、パンの場合は小麦の風味が増すことがあるでしょうけれど、饂飩の場合、表皮は茹でると赤っぽい褐色に変化して、麺自体にブツブツとした凹凸が生まれます。

「これが逆に良いんだなぁ」などと通ぶる人もいらっしゃいますが、それは文明の発達で得た価値観が時を経て反転したからこそで、喩えるならば、超絶な技術によるハードロック文化に対抗するように現れたパンクロックバンドの、そのヘタウマ感がいいじゃない、みたいな考え方なのです。技術の先端があってこそ、観念的な視座からの先端もまた生まれます。

まあ、「なにを技術と考えるか」という問いをここで立てると、逆方面からも観念が衝突して、これまで積み上げた価値観が崩壊しますので、ここではやめて先に進みます。

私が言いたいのは、餛飩は白くてつるつるしているほうが美味しいということです。好きずきなので、異論は認めますが、ハガキなどによる投書での反論をされる方がいらした場合には、私の霊魂的全能力を結集して祟らせていただきます。

さて、搗いたり挽いたりを人力でやらされている問題に話をもどしましょう。

どうやら舐められてる、というか疎まれている、そんな気がしてならない、という考察を経て、やっぱり間違いない、という結論に私は辿り着きました。僧侶たちが本堂の裏などで私のことをゲラゲラ笑っているにちがいない、そんな気にもなってきました。

こういう場合はどうしたらいいのでしょうか。坊主たちをひとりひとり棒や何かで打ち据えてボッコボコにしてやろうか、そんな気持ちも胸を過ぎりました。

ところが、この時代の僧侶たちは武装しておりました。全員とは言いませんが、武技に秀でた集団なども境内に控えていました。麺を食わせろー、ボケー、などと言って僧侶たちに襲いかかったとしても、反撃されて、瞬殺されます。

弱りました。

気がつけば、ストレスでゲソゲソに痩せこけておりました。

## 第二十八回「麺⑧」

このままでは痩せこけて死んでしまう。あるいは、右手のみを使った単純労働によって腕の筋肉が異常に発達し、砂浜でプランクトンをホジホジと食べて暮らすシオマネキ（片方のハサミが極端に大きい蟹です）のようになってしまう。そんな妄想が心の内で膨らんで行きました。

筋肉によって左腕の三倍に膨れ上がった右腕を思い浮かべてください。異形としか呼べないでしょう。当然、三倍の質量に耐えるべく、腕だけではなく背中から腰、大腿のあたりにまで影響が出てきます。次第に、右半身の筋繊維が太くなり、がっしりとして行くはずです。そして、その右半身とのバランスを整えるべく左半身が呼応して、右側の重みによって崩れないように筋骨が発達して行きます。

ところが、左腕だけはそうした全身の変化、重量化の影響を受けずに、現在のままの太さを保つはずです。そうなると、右腕が三倍の太さということよりも、左腕がむちゃくちゃ細い、みたいな、印象の反転が起きます。右腕が異様に大きいという場合には単純な畏怖として、たとえば鬼のような形で民話として伝説化することも可能ですけれど、左腕が妙に細い、という印象には若干の滑稽さが含まれます。可笑し味とも言います。そうなると、舐められますよね、鬼として。

たとえば、禅寺での修行も嫌だということで、すべてを投げ捨てて山奥の廃寺に忍んで、ときどき旅人を脅かして金品を奪うなどして生計を立てるとします。最初はプロの鬼として、そこそこやっていけるでしょう。けれど、左腕がやたらと細い。それだと、弱点じゃん、討伐とかできるかもしれないじゃん、みたいな感じで、村人たちが適当な農具とかを片手に襲ってくる可能性があります。

鬼としては、桃太郎的な、勧善懲悪の英雄のような人間に倒されなければ、後世まで語り継がれません。なので、きっと私は鬼としての努力をはじめます。超絶に発達した右腕をブンブンに振り回して大木をなぎ倒す、くらいの武技を獲得するために、我流の特訓に励むことでしょう。

そうなると、左腕を鍛えないのか、と考える方が出てくるでしょうけれど、それは素人がやってしまいがちな過ちです。現時点での長所は右腕の腕力なのですから、これを極端に伸ばして行くのが得策なのです。また、左腕が小さい、ゆえに舐められる、といったコンプレックスは特訓への意欲を高める起爆剤になります。このネガティブな感情こそが、鬼を鬼たらしめるのです。笑いやがったなこの野郎、いつか見ていろよ、という復讐心が鬼には欠かせません。何より、左腕もムキムキになってしまうと、それはただの上半身がマッチョな人になってしまいます。むしろ、健康的です。村の力仕事などを引き受ける心優しい坊さんになってしまう可能性があります。それではいけません。異形だから鬼なのです。左腕が退化するくらいにまで右腕を巨大化させなければ、プロの鬼としては食べてゆけません。

一体、何の話なのでしょうか。

というわけで、私は苦虫を噛み潰すような思いを抱えながら、もう一度、麺類のレシピを学びたいのだと、そこそこ偉い僧侶に申し出ました。プロの鬼になるくらいなら多少疎まれたり嫉まれたりしても構わない、という気持ちが私の背中を押しました。

今度は思いが通じたのか、別のチームに加わることになりました。とても陰気なチームでした。

この陰気なチームは、朝方、まだ空が薄暗い時間に寝床から起き出て、もそもそと山のほうへ出かけて行きます。そして、陰気なチームの陰気さに輪をかけて陰気、みたいな湿気の多い、ジメジメとした森の奥底を抜けて、抜けたかなと思ったら森、森、抜けて、森かなぁと思ったら林、トイス!、抜けて森、みたいな感じで山奥に向かって半日歩いて、山中にある倒れた巨木や岩陰に自生している茸を収穫し、寺に戻るという仕事でした。茸の自生スポットは大小合わせて二十ほどあり、収穫される茸は平たいものから、びっしり生えるタイプのもの、一本一本がしっかりしたものなど様々でした。

ようやく単純作業からは解放されましたが、朝から晩まで薄暗い山道を歩いて茸を収穫するという仕事も簡単ではありません。記憶力などの知力な能力と共に、大変な体力が必要です。仲間が陰気である、というところもなかなか応えます。ですが、もしかしたら、この茸が麺料理の具かもしれないと思うと、こんこんと力が湧いてきました。

どっさり持ち帰った茸たちは種類ごとに仕分けされ、一箇所に集められます。そして、陰気チームのリーダー格の陰気な僧侶によって毒のあるものが交じっていないかチェックされ、いくらかはそのまま台所に送られ、根菜などと一緒に煮付けられて、夕食や朝食の食膳に並びます。

それ以外の茸については、筵の上にザバっと広げられます。そして、そのまま天日に干して乾燥茸にします。

河原などに集まって音楽をかけながら、七輪や鉄板でバーベキューにしなよー、そっちのほうが楽しいよー、と提案してくださるパーティピープル、略してパリピの皆さんもいらっしゃるかと思いますが、当時は茸の栽培工場などが存在しなかったので、その日にすべて食べてしまうと来年の収穫期まで茸が食べられない、ということになってしまいました。僧侶たちは保存を目的として天日に干していたわけなのです。

この乾燥茸をチクチクと、必要に応じて水で戻しながら使っていたのです。天日に干すことで茸の旨み成分が凝縮されて、茸を食べるだけでなく良質な出汁が取れました。

と、いうわけで、なんだかぐっと麺類の話に近づいて来たような気がしませんか。

続きは来月号でお話しします。

## 第二十九回「麺⑨」

臼と杵を用いて穀物を脱穀したり挽いたりする業務から、茸を収穫して干すという業務を行う部署に転属されたということは先月号で申し上げた通りです。

それのどこが麺料理に近づいているのか、少しも麺の話なんてしていないじゃないか、などと叱咤したい気持ちを持つ方や、心の内に湧き上がる侮蔑の念を太めの油性ボールペンで葉書に殴り書き、家族総出でシフトを回しているタイプのコンビニエンス・ストアにて五十二円切手を購入して、己の唾液で切手を貼り付け、吐き捨てるような勢いで編集部宛に投函してやろうか、などと憤る方がいらっしゃるかもしれません。が、茸の戻し汁が超絶に美味である、という事実が禅寺の料理各種にとって重要なのだということをお伝えさせてください。

私が楽所の長官からの命令によって勤務させられていた禅寺では、基本的に動物や魚を食べません。不殺生というのは五戒、信者が守らなければいけない戒めの一丁目一番地に記されています。マンションやアパートで言うと一〇一号室です。ロックバンドの場合ではフロントマン、ＡＫＢ48ならば不動のセンターです。生きとし生けるものの命は大切にしなければなりません。

ですから、うま味を動物性タンパク質から得られるアミノ酸に求めることができません。鰹でとった出汁に醤油とみりんを足し、鴨と葱を放り込み、さっと煮立たせて麺を入れたらマジでうまいじゃん最高じゃん、というわけにはいかないのです。

さらには、鳥獣や魚類を殺して食べることだけではなく、大蒜《にんにく》、小蒜《ぎょうじゃにんにく》、葱《ねぎ》、韮《にら》、辣韮《らっきょう》も五葷《ごくん》と呼ばれて、欲情の原因として食すことが禁忌とされていました。

ですから、前述の鴨南蛮饂飩を境内で啜りますと、「鴨南蛮、マジ野蛮」と韻を踏みながらフリースタイルのラップでディスられて、寺から放逐されることにもなり兼ねません。

そういうわけで、野菜や菌類、海藻、発酵させた穀類などを由来とするうま味は料理に欠かせないものでした。

なかでも昆布は最高ですね。

昆布にはグルタミン酸というアミノ酸が豊富に含まれています。

北海道あたりの豊かな海で育った昆布を干して、硬くなったところを鉋のような器具を使って極薄のへらへらになるまでスライスし、それを炊き立ての白飯にこんもりと乗せたところを思い浮かべてください。唾液が止まらないでしょう。加工された昆布を思うだけで、パブロフの犬のように、条件反射的に唾液が出てしまいます。まったく、我々の遺伝子のどこかに「昆布超うまい」と書き込まれているのではないかと疑ってしまうほどです。

仏道に入っていない私のような俗人の場合、昆布も良いけれど干した雑魚や鰹節から取った出汁も負けていない、あるいは鰹出汁のうま味の主要成分であるイノシン酸のほうがグルタミン酸よりも美味しいのではないかと率直に感じるところもありますが、先ほども申し上げました通り、私が出向させられていたのは禅寺です。そうなってくると軽々しくやっぱり鰹だねとは言えません。

ところが、このうま味成分というのは、種類の違うものを組み合わせたほうが感じるうま味が飛躍的に強くなるのだと「日本うま味調味料協会」のウェブサイトに書いてあります。具体的には、昆布のうま味成分であるグルタミン酸に核酸系うま味物質が混ざると良いとのことです。鰹に含まれるイノシン酸は核酸系うま味物質ですが、残念ながら禅寺では使えません。

ここで登場するのが茸です。

茸のなかでも特に、椎茸には核酸系うま味物質のひとつであるグアニル酸が豊富に含まれています。干し椎茸は古く中国でも「和椹《わじん》」と呼ばれて、僧侶たちが日本へと買付けに行くほど重宝されました。干した椎茸もまた、美味しい料理に欠かせない食材のひとつだったのです。

というわけで、私は真剣な気持ちで、陰気な仲間たちと薄ら暗い納屋のような場所で茸を仕分け、種類ごとに筵の上に広げる仕事に取り組みました。

そして、今度は日向へ出て行って、筵ごと茸を天日に干し、乾燥茸を作りました。どうして干すのか、という素朴な疑問を持つ方もいるでしょうから、ここで説明しますと、端的に言って保存のためです。

生の茸を居間かそこらに放っておいたらどうなるでしょう。そうです、グズグズに腐ります。だったら腐る前に全部食べよう、という考えも間違いではありませんが、せっかくの美味しい茸ですから、なるべく長い間、できたら春になって別の食材が豊富に採れる季節になるまで楽しみたいところです。

ところが常温で放っておくと茸はグズグズに腐ってしまい、気分も滅入って念仏や精神の統一などの修行にも悪い影響がでます。一般家庭ならば、あまりの腐臭によって夫婦間の不和、諍い、性格の不一致、からの別離、一家離散などが引き起こされるかもしれません。功利主義的に最大多数の最大幸福を求めるならば、やはり干して保存するのが最良の選択だと言えるでしょう。

さらに、干すことによって茸はぐんとおいしくなります。うま味が増す、と言う人もいますが、私はそのような表現が適当だとは考えていません。

もちろん、干し柿や干し葡萄、干しイチジク、最近ではドライマンゴーなどの干し果物、あるいは魚の干物のように、干したものをそのまま食べる場合、干すことによって身が縮んでうま味が凝縮します。うま味が増したー！と言って狂喜する気持ちも理解できます。

昆布や茸の場合は、そのまま醤るというより、乾燥によって縮んだ細胞壁が水に漬けて戻すという煮炊き前の作業で壊れることを利用します。壊れた細胞からうま味がグングンと流れ出して、戻し汁や煮汁が超絶に美味しくなるのです。干すことによってうま味が増えるのではなく、溢れ出すのです。

私は誇らしい気持ちで茸を選り分けて、丁寧に干しました。茸の形もそれぞれ愛らしく、とても楽しい仕事でした。

ところが、楽しい時間というのはあっと言う間に過ぎ去ってしまうものです。

茸には旬があります。

つまり、この作業は期間限定のものでした。

次いで配属された職場については、またの機会にお話しします。

## 第三十回「麺⑩」

秋も過ぎ、冬が訪れると、山々からすっかり茸の姿が消えました。

必然的に、茸各種を収穫して干すという役割自体も消滅します。

タントンタントンと米やら麦やら雑穀やらを杵と臼で搗いたり挽いたりする業務に再び配属されたら嫌だな、そう思いながら、私は程よく乾燥した茸たちを取り込みました。

作業の終盤には、夜明け前の爬虫類のような鈍さで動き、どうにか茸業とでも呼ぶべき業務が終了しないように努力したのですが、まわりの僧侶たちはそんな私には一瞥もくれずに淡々と作業を行い、何より干された茸の量にも限りがありますので、諸行無常とはこのことという感じで、茸や、茸を干すために敷いてあった筵もきれいに仕舞われて、今期の干し茸業は終業となりました。

私はとても落ち込みました。

茸から水分と一緒に抜け出た陰鬱さをまとったように精神の表面がヌメヌメになり、次に充てられる業務についての湿った憂慮に首まで浸かって、このまま沈んでしまおうかと捨て鉢な気分にもなりました。そして、そもそも私はここでなにをやっているのか、みたいな、根源的な問いが何度も立ち上がってきて、通せんぼでもするように様々な思考や感情を遮りました。

思考や感情が停止するというのは、とても恐ろしいことです。

外部からのストレスでチクチクと、あるいは土手っ腹でも蹴るように大小のダメージを繰り返し受けますと、精神の側としてもこれは堪らないということで、シャッターを下ろしたり、雨戸を閉じたり、あるいは地面に穴を掘って丸ごと隠れたり、様々な方法で己を守ろうとします。その際、すっかり精神を閉ざすまでに何かと時間を要するうちは大丈夫なのですけれど、たとえば、下ろそうかどうしようかとグズグズする時間を経ずにガシャンと心のシャッターを下ろせるようになってしまうと大変です。まどろっこしい準備や行為、逡巡を通過せずに、いきなりパキンと精神の表面が凍りつくように、自発的に、あるいは癖として、セラミックスやステンレスで精神を覆うようになってしまうのです。

これを繰り返すと恒常的に精神の表面が固まって、一切の感情が殻の内に閉じこもり、発露されなくなってしまいます。

私は出も入りもしない何かになって、危うく境内の隅っこに転がって朽ち果てるところでした。

カチコチになりかけていた精神の外側を融解させたのは、配膳係への転属でした。楽所の長官に命じられた使命＝麺料理のレシピの取得から程遠い業務にばかり配属され、この間抜けをコキ使って適当に廃棄してください、というような取決めが長官と禅寺の和尚の間で行われたのかもしれない、というような疑念が外殻の下で膜になっていましたが、その膜の存在を忘れるくらいに嬉しい出来ごとでした。

配膳を続けていれば、そのうち美味と噂の麺料理を運ぶ機会も得られるでしょう。目の当たりにする可能性が高まったというだけで、胸が躍るようでした。


配膳係の仕事はとても楽しいものでした。

まずは、早朝、日が昇る前に起床し、座禅の後に境内の清掃を手伝います。他の僧侶たちより少し早めに清掃を切り上げて、台所から椀や箸を食堂に運び、それぞれの着席位置に合わせてきちんと並べます。

並べ終わった頃になると朝食の時間を知らせる魚板がポコンと鳴り、ゾロゾロと僧侶が食堂に入ってきて着座しますので、粥が入ったお櫃、汁が入った桶、根菜などの漬物が入った桶をそれぞれ所定の場所まで運びます。

すると今度は、僧侶たちがそれぞれの椀に粥と汁、漬物などのお菜を自分で取り分けに来ます。配膳係も同じように自分の分を取って食べます。

ゆっくりじっくり朝食を味わいたいところですが、配膳係は早めに食事を済ませて、よきところで台所から湯の入った土瓶を運びます。僧侶たちは、その土瓶のお湯をそれぞれの椀に注ぎ、箸の先を浸けながらくるくると椀に付いた粥や味噌粕や油などを洗うように回して、それを飲みます。食器を洗ったお湯まで飲むなんて、と思われる方がいるかもしれませんが、汁の一滴まで食材を無駄にしないための知恵であり、習慣でもありました。

そして最後に、椀に残った少しの水分を布で拭き取って、食事が終了となります。食器を洗う水でさえも無駄にしないというのは、物質で溢れる現代を生きる読者のみなさんにとっては、吝嗇を通り越して狂気といった感触なのかもしれません。ですが、遠く昔に絶命して霊魂と成り果てた私からすると、現代人の生き方にこそ狂気を感じます。

現代においては、なにもかもが簡単に捨てられて、新しいモノに取り替えられて行きます。新車、新商品、新発売、新戦力、あるいは新横浜、新大阪、新加勢大周、新宿、新潟、新沼謙治。「新しい」はどこへ行っても褒め言葉で、まるで「新しい」を崇拝しているようにも感じます。

しかし、その「新しい」がそのまま豊かさにつながっているのかについては、甚だ疑問です。大事に使っていた電化製品の修理を試みようとしても、その製品を作ったメーカーの電話問合せ担当から「買ったほうが安いですよ」と冷たい声で言われてしまうような時代は果たして豊かなのでしょうか。

私の命が尽き果ててから数百年が経ちました。確かに、いつの時代でも「新しい」は羨望の的であり、ときに排除の対象であり、無視することのできない感覚のひとつでした。ところが、「新しい」は、ここ数十年で盲信されるようになりました。また、捏造されてもいます。

浮遊霊のくせして偉そうに、あるいは率直にウザいと思われた方もいらっしゃると思いますが、この世に数百年も縛りつけられてあの世に行けない霊魂の老婆心から出た言葉として、ご容赦ください。

話の続きにつきましては、また次号にて。

183

第三十回「麺⑩」

# 第三十一回「麺⑪」

配膳係に就いて、しばらく経ったある日のことでした。

その日は中国からの客人が寺にやって来るということで、境内の各所では様々な準備が行われており、慌ただしいと敢えて言ったり書いたりするほど慌ただしくはなかったのですが、禅僧たちの体温が普段よりおおむね五分くらい高い、という感じがしました。

微熱程度に浮き足立った境内の雰囲気は配膳の業務には特別な差し支えはなく、私がいつものように朝食の準備と片付けの仕事を終え、身の回りを整えたり、屁をこいたりしている間に件の客人たちが訪れました。

大々的な歓迎式典があるでもなく、客人たちは昼前にふらっと到着し、中国からの陶磁器や書物、貨幣など様々な荷物を引き渡してから、絹、漆器、銀、なぜか大量の干し椎茸の荷包を受け取り、そこらの辻や港で雇ったと思しき荷運び用の人足たちに言いつけて、どこかへ運んで行きました。一方、荷物と一緒に中国からやってきた僧侶たちはしばらく寺に滞在するらしく、境内を隈なく案内され、お茶だの雑談だのしているうちに点心の時間になりました。

点心と書きますと、中世の禅寺ではシュウマイやら蟹シュウマイやら海老シュウマイやらを蒸したり、饅頭を頬ばったり、春巻きを揚げたり、或いは春巻きを生のまま食べたり、餃子の皮で様々な具を包んだり、それを茹でたり、焼いたり、揚げたり、耳朶に押し当てて「どっちが餃子でしょうか?」とクイズを出題したりしてワキャワキャしていたのか、この茶坊主ならぬ飲茶坊主め!と思われる方もいらっしゃると思いますが、点心というのは簡単な昼食のことです。おやつのようなものだと考えていただけると、誤解が少ないように思います。

配膳係の私が食器類や湯などの準備に向かいますと、台所からとても美味しそうな匂いが漂ってきました。舌の付け根の両脇を絞り上げて、ジワっと濃い目の唾液が溢れてくるような、脳神経に直接訴えかけるような出汁の香りでした。

小躍りしたくなるような心持ちを抑えながら点心用の椀や小鉢を運び終えますと、僧侶たちがぞろぞろと食堂に集まってきました。私たち配膳係も食器類の準備を整えて、それぞれ着座しました。

粥、粥、粥、ときどき饅頭、または索餅(米粉と小麦粉の蒸し麺)、というメニューがこの寺の通常の点心の有り様でした。ところが、今回は歓待の意味もあって、とても美味しそうな香りが台所から漂い、明らかに普段の点心とは違ったオーラのようなものがそれぞれの椀から発せられておりました。単に湯気だったかもしれません。

椀の蓋を開けると、そこにはいままで見たこともないような細い麺がひたひたと薄い褐色の汁に浸かり、汁のなかで静かに渦を巻いていました。椀の蓋からは蒸気と共に昆布や椎茸、香ばしい油の香りが立ち上りました。

出たー、テンあげなんですけどー、などと奇声を上げて門外に飛び出し、畑で農作業中の農人の胸ぐらを掴んで二、三回揺さぶった後にハグしたい、みたいな興奮と感動が衝突して、意味不明の地平に着地したような感情が全身を駆け巡りましたが、それを胸のうちでガッシリと抱きとめ、少し落ち着けてから恐る恐る麺を啜ってみました。

むちゃくちゃに美味しい麺でした。

我々が普段から食べている索餅のような、米粉の入った麺のどうしようもない餅感がまったくないのです。もちもちとした食感ではなく、するっと喉を通って胃に落ちるような、気づかないうちに吸い終わっているような、あるいは夢か空気みたいな口当たりなのです。

汁は昆布と干し椎茸から取ったあたたかい出汁に、味噌を作るときに出る上澄み液を加えたような風味と塩気がありました。出汁をとった椎茸がそのまま具としても使われており、細長く刻んで麺の端に盛り付けられた椎茸を噛みしめるとじわっと油が滲み出て、口一杯にゴマの香ばしい香りが広がりました。

こうして、私は禅寺の極ウマ麺に辿り着くことができました。めでたしめでたし。と、行きたいところですが、私には大切な任務が残っておりました。そうです、激ウマ麺料理のレシピを学んで、楽所の長官の台所で再現しなければならなかったのです。

そういった私の事情を忘れていた、あるいは今号だけ読んでいるのでなんのことだかさっぱりわからない、という読者がほとんどだと思うので改めて説明しますと、私は本来、楽所が管轄する雅楽寮というところで雅楽にまつわる仕事をしておりました。そこでいろいろな不手際がありまして、上司である長官から「むちゃくちゃうまい麺料理のレシピをゲトってこい」と命令されたわけなのです。できなかった場合には、恐らく、どこか侘しい田舎町に左遷されてしまいます。

ですから、やっと美味しい麺が食べられたね、やったね、これで一件落着だね、連載も終わりだね、脱稿！　脱稿！と喜んではいられないのです。

まずは、この細麺は一体なんなのか、という問いから解決しなければなりませんでした。

そんなもの、長官もまわりの官吏たちも禅寺の麺類なんて食べたことないに決まっているし、適当なレシピで適当な麺と適当な汁で麺料理作ったらいいんじゃない?とという意見を持つ方もいると思います。確かに、おっしゃる通りです。ところが、ひとりの麺通として、普段から自宅でもこの細麺を食べたいという欲求が抑えられませんでした。

また、出汁についてはおおかたの見当がつきましたが、この麺については、製法や材料など、まったく見当がつきませんでした。明らかに、この時代の最先端を行く麺でした。

この麺が一体なんだったかについては、次号で詳しくお話しいたします。

## 第三十二回「麺⑫」

端的に言えば、細くてツルツルした麺は素麺でした。

なんだよ、ここまで勿体振っておいて、素麺かよ、もっと早くに言えよ、そんなもんコンビニでもどこでも買えるじゃないか、と思われる方もおられるかもしれません。

しかし、当時はまだ素麺は世間に流通しておらず、大変に珍しいものでありました。

私が死して亡霊となり、現代まで数百年をゆふらゆふらと浮遊して暮らす間に、素麺は世間一般にも広まって、各地で製造販売などされるようになったのです。ですから、先ほど軽々しく「素麺でした」と申しましたが、実際には事後的に、死んで随分と経ってから「あれは素麺だった」と私は理解したのです。禅寺で素麺が食べられはじめた当時は、僧侶以外には誰も知ることのない最先端の麺だった、ということをご理解いただけますと幸いです。

さて、一刻も早く楽所の長官のところへ持って帰って、この素麺を振る舞わなければならないわけなのですが、ひとつだけ問題がありました。それは麺の作り方が分からないというシンプルな事実でした。

麺作りの部署に配属してもらえばいいではないか、という明快な指摘もあるかもしれません。ところが、そのような明快な指摘、疑問、質問、クレームなどが問題の解決に対してポジティブな影響を与えるとは限りません。反射神経的な正義感が共同体などを分断して、さながらイエス・ノー・クイズの様相に陥り、結果として漫画のキャラクターみたいな首長が誕生する、ということも実際にあるのではないかと私は想像します。即時的な感情というのは、なんとも恐ろしいものです。

さて、話をもとに戻しますと、索餅のような米粉を使った原初の麺は境内でも製造されていましたが、素麺のようなニューウェーブ系の麺は中国から運ばれてきたものでした。私がこの日の昼に食べましたものも、朝からの来客によって持ち込まれた麺でありました。禅寺で自製されていなかったということです。

参ったね。悲しいね。

などとひとりごちながら、もういっそのこと頭を丸めて出家し、麺についての欲だけでなく一切の欲望を捨て去って、うろ覚えの念仏でも唱えながら全国を遊行《ゆぎょう》しようかしら、という諦念のような気持ちが臍のあたりから湧き上がってきました。

ネガティブな気持ちは存外に身体に染み渡りやすいもので、ゾゾっと背中に渡って側頭部で波打った後、肘の先から再び湧き出て両手の毛細血管にまで広がり、指先がジリジリと痺れました。下半身は空虚がまとわりついたように重く、池のザリガニがすべて死ぬほどの臭い屁が出ました。

アーメン。

そうして悲嘆に暮れていると、なにやら台所あたりがザワザワとしておりました。聞けば、中国からやってきた客人たちが素麺の作り方を示教するとのことでした。

結局、麺作りの部署に転属されたんじゃん、やっぱりじゃん、などと乱暴な感情を投げて寄越そうとする人もいるかもしれませんが、よし、ここはひとつ台所への転属を願い出て素麺の作り方を学ぼう、などと考えて転属希望を出すとどうなるか、考えてみてください。過去の例から考えると、またしても穀物の脱穀というような単純作業に回されて、素麺の作製に携わるころには私も立派な禅僧に成り果ててしまいます。或いはなんらかの精神的な病に陥る恐れもあります。それくらい、私の心にはゆとりのようなスペースが不足しておりました。

もういいや、と思えれば人間、案外強いものです。私はなに食わぬ顔で庫裏のなかに入って行き、中国からの客人が行っているワークショップへの参加を試みました。最近出家したと思しき数人の僧侶たちが異物を眺めるような、身分不相応を咎めるような目つきで私を見ましたが、「ちょっと遅れました。お疲れ様ですー」的な顔で会釈をすると、彼らは瞬時に私を忘却したような態度で、客人の身振りのほうへ視線を戻しました。

ある種のヒエラルキーに巻き取られ、その下位に属している人たちにありがちな態度というのはこういうものです。自分が下位であることを自覚しているがゆえに、常にマウントできる存在を探しています。ところが、自分に裁量権がないこともよく分かっているので、自信を持ってやってこられると対処に窮します。威圧的な相手には理由もなく、媚び諂ったりもします。

また、こういう人たちはルールというものを無闇に信奉する場合がありますので、通行証やバックステージパスのようなものがあると厄介です。

以前、そこそこに有名なミュージシャンの守護霊の補佐のアルバイトをしたときのことですが、彼はステージで演奏を行う本人であるにもかかわらず、楽屋通路を警備するスタッフに「パスがないので入れられません」と止められ、大変な難儀に遭遇しておりました。ミュージシャンの方の見た目がやや地味であったことも原因ですが、「通行証の提示」というルールを盲信するがゆえに柔軟性が欠如してしまった例のひとつです。

通行証を持たぬ人間の一切の通行を禁ずるという態度は確かに、警備員としては厳格で優秀だと感じます。ですが、このままミュージシャンの彼を通行不能にすると、警備するべきイベント自体が中止になって、警備員の彼は失職してしまいます。本末転倒でしょう。

しかしながら、もっと柔軟に対処できないのか、というとまた話は別で、今度は私が素麺のワークショップへ潜入できたように、部外者が雰囲気でチェックポイントを通過できてしまうという事態が発生します。

事実、ライブハウスや小劇場の楽屋に、当たり前のような顔をして「お疲れッスー」と入ってきてしまう方もいます。これも件のミュージシャンの守護霊バイトのときの話ですが、終演後の楽屋にて、メンバーの方々だけで公演成功の祝杯をあげようとしたところ、見ず知らずの老人が乾杯に紛れ込んでいるという現場に居合わせたことがあります。「あれ？　誰かのお父さんかな」という雰囲気に流されそうになっていましたが、責任ある地位のスタッフが駆け込んできて、その老人はどこかへ連行されて行きました。

警備ひとつとっても、人間というのはこのように難しいものです。

麺作りの話はまたの機会にいたします。

# 第三十三回「麺⑬」

さて、客人たちと僧侶による素麺のワークショップは闖入者である私の存在に目もくれず、恙《つつが》なく進行してゆきました。

私は修行の浅い僧侶たちが作った人垣に紛れ、剃髪によって青光りする頭部と頭部の間から、塩水を加えた小麦粉が練られてゆくのを眺めました。

台の上に広げられていたのは真綿のように白い生地でした。

これまでの私の独白に耳を傾け続けてくださった方々は、「小麦粉なんて白いに決まってるだろう」と腹を立てることはないだろうと想像しますが、初めて読んだところがこのページだった方のために改めて申し上げますと、私の魂が生身の肉体に宿っている数百年の昔にあっては、このような白く美しい小麦粉はとてもめずらしいものだったのです。

というのも、当時はまだ製粉の技術が発達していませんでした。回転式の挽き臼も広く一般には普及しておりませんでした。そういった製粉事情と、一部の僧侶の悪意によって、私は脱穀と製粉を担当する部署でタントンタントンと、右上腕がムキムキになるまで臼と杵で穀物を搗いていた時期がありました。

こうした原初の製粉方法を用いると、麩《ふすま》や胚芽といった部位が粉に交じり、小麦粉は現在でいうところの全粒粉のように、茶褐色の粒が交じります。また、回転式の石臼などに比べて細く挽くことができず、麺にしたときの食感がややボコボコとしてしまいます。

ところが、目の前で練られている生地は、私が当時に知っていた小麦粉のそれよりも遥かに白かったのです。あんなにピカピカで白い小麦粉を使って麺を打てば、それが素麺でなかったとしても相当に美味しいだろうと私は思いました。

練り上げられた白い生地は目の細かい布を敷いた床に広げられて、さらに上から布を被せられました。そして、何人かの僧侶が代わる代わる参加して、生地は三十分近く踏み続けられました。

その後、ふたたび生地は作業台の上に戻され、太長い棒で厚さ三センチくらいの丸い板状になるまで延ばされた後、先の尖った木のヘラで外側からグルグルと、ペロペロキャンディを引き剥がすようにカットされてゆきました。

帯のようになった生地を手に取った客人は、生地を縄のように綯りながら、ふたり掛かりで麺状になるまで延ばし、紐でもしまうようにグルグルと桶のなかへ収めてゆきました。

そんなことをしたら、トグロを巻いたまま死んで硬直した蛇のように麺が固まってしまうのではないかと私は心配しましたが、客人たちは両手に油を塗っており、縄のように縒られることによって油が麺全体に広がって、麺が癒着しないような工夫がされておりました。この油こそが素麺を素麺たらしめているのだと私は即座に理解しました。

桶に蛇状に収められた麺はしばらく放って置かれました。客人曰く、こうすることで麺の延びが良くなるとのことでした。科学的に言えば、小麦の胚乳のなかにあるタンパク質が水分と反応して、グルテンが生成されて粘りが出るということです。こうした工程を現代では「熟成」と呼んでいると思います。

私が勝手に名付けましたところの「縄延ばし」からの「蛇放置」という作業が三回ほど繰り返されて細くなった麺は、次に、二十センチくらいの間隔を取った二本の細い棒に8の字に掛けられてゆきました。そして切れないように、グイ、グーイ、と二度ほど延ばされてハンガーラックのような器具に吊るされ、一時間くらいの熟成の後、また棒にかけられて、グイ、グーイ、といった感じで太饂飩くらいの細さになるまで延ばされました。棒の間隔は大体五十センチくらいにまで広がってゆきました。

ワークショップはここで一旦お開きになり、僧侶たちはそれぞれの持ち場へ戻ってゆきました。棒に掛けられた麺は一晩寝かすということでした。

ここまで、淡々と素麺打ちの工程（前半）について語ってきましたが、それは死後の現在から過去を回想しているからであって、作業を目の当たりにした当時の私の内心は喜びで充満し、身体中の細胞が興奮チームと狂乱チームに分かれて対峙、その後にそれぞれにチームが入り乱れてハグを交わすような熱狂状態にありました。

えー、なに、あぶら？　あぶら？　あぶら塗るの？　わー、すげー、のびたー、あー、マジか、だめじゃんあんなことしたら、ほーら、え、くっつかないの、しかもびよーんって、びよーんって、爆笑ー、ほんでのびたー、はいのびましたー、すっげー、すっげー、まじすっげー、見たことないんですけどー、見、た、こ、と、ないんですけどー。

みたいに書きますと、いくらか臨場感が得られるのではないでしょうか。私の心象をそのまま言葉にすると、このような感じでした。ところが、得られた臨場感やリアリティに比べて殺がれる文学的な感興もありますので、このまま、また元の淡々とした言葉遣いで進めさせていただきたいと思います。

日が暮れて勤めも終わり、寝所に戻って目を閉じますと、点心として戴いた素麵のつるりとした喉越しが蘇り、舌の付け根の内側あたりから唾液が溢れ、私はそれを素麵の代わりに飲み下しました。そして、妙な空腹感が立ち現れて胃がキューっと軽く痛み、全身の細胞から腹ぺコ信号が脳に向けて発信されているのか、一切の眠気が吹き飛んでしまいました。

こうなるとどうやっても上手に寝付くことができなくなってしまい、仕方がないので目を瞑って素麺を思い描き、一本一本数えながら吸い上げてゆきました。
千七百八十本あたりまで数えて気を失い、目を開くと朝でした。

## 第三十四回「麺⑭」

朝のお勤めと食事を終えると、再び素麺のワークショップがはじまりました。

麺は一晩、湯を沸かした物置で熟成させられ、再び台所に戻されました。

ふたりの客人が麺を二本の細長い棒に8の字にかけ、それぞれの棒の両端を持って立ちました。すると、もうひとりの客人が、ふたりの持っている棒よりもさらに細長い竹の棒を麺と麺の間にグイと二本差し込み、人ひとりが輪くぐりできるくらいまで、ギュンと麺の間を押し広げました。と同時に、片側の客人がサッと後ろに下がって麺を引き延ばしました。

まるで夢でも見ているかのように、細く美しい麺ができあがったのです。

客人たちは、ワークショップの輪のなかから適当な僧侶たちを指名して、麺がかけられた棒を手渡し、次の素麺延ばしに取り掛かりました。

私は素麺を間近で眺めたいという願望が抑えられず、麺の端を持つ役割を射止めようとチラチラチラチラ、僕はここにいるよ的な視線を客人に送ったり、あるいは腕をグルグル回してやる気をアピールしたり、注意を向けてもらうべく咳払いをしてみたりと、様々な努力をしてみましたが、終に指名されることはありませんでした。

大体、人垣の中では私だけが楽所の長官の命で出向させられている身であり、周囲の僧侶たちとは違って剃髪をしていません。それだけで良くも悪くも目立つはずなのですから、ことさらに視線を送ったり、身体を動かしたりする必要はなかったのかもしれません。

いまになって思えば、頭に毛のない、あるいはあっても極端に短い僧侶のほうが清潔でしょう。簡単な髷を結っているとはいえ、私の髪が抜け落ちて交ざれば、せっかくの麺が台無しになってしまいます。それでも、万が一という可能性も捨てきれず、最後まで私はアピールを続けました。

そして、かれこれ十組の僧侶たちが麺を持たされたところで、麺を延ばす作業は終了となりました。

正直に言えば、ショックでした。けれども、「禅寺に素麺の製法を伝えるためのワークショップ」だと考えれば、部外者である私になんの役割も与えられないことは納得のゆくことです。

その後、麺は寺院の裏手に運ばれて、竹製の物干し竿に移し替えられました。しばらく天日に干し、乾燥させるとのことでした。そうすることで麺はいわゆる乾麺になり、生麺や茹で麺に比べて長期の保存が可能になるのです。

さて、そうなると私が禅寺に居残る理由について、いよいよ考えなくてはならなくなりました。「禅寺で食べられている麺料理のレシピを調べて再現せよ」という任務については、ほとんど準備が整ったと言えます。

ただし、長官からの書面と共に私はこの禅寺での職務に就きました。と言うことは、長官と寺の和尚との間になんらかの契約関係が存在するわけで、自ら「麺料理のレシピをいい感じにゲトったので帰ります。お疲れ様でした」などと告げて、勝手に楽所に戻るわけにはゆきません。

では、どうするのか。

まず頭に浮かんだのは、和尚に願い出るという方法です。

ところが、私と一切の僧たちの間には主従の関係はありません。なにより、これまでに様々なことを願い出ましたが、状況は良くなるどころかむしろ悪化して、はっきり言えば一日で教えてもらえるような麺料理について、様々な雑務などを押し付けられるなどして窮地にはまり込んで来たのです。そういった経験を踏まえると、クソ坊主ぶっ殺す、みたいな憎悪は置いておくとして、楽所への復帰を僧侶たちに願い出ても仕方がなく、むしろ話がややこしくなる可能性が考えられました。

つまり選択肢はひとつ、長官にメールを送るという方法だけでした。

私は部屋に戻って買ったばかりのＭａｃＢＯＯＫ Ｐｒｏを起動し、メールソフトを立ち上げました。

そして cho-kan@gakuso.jp 宛に任務の完了と楽所への復帰を願う旨を綴った文章を送信しました。

嘘です。

現代ならそれで済むでしょう。

しかしながら、私が生きた時代は遥か数百年の昔ですから、ＭａｃＢＯＯＫ Ｐｒｏはおろか、電信や電話などの通信の技術もありませんでした。手段はたったひとつ、手紙を書く、それ一択でした。同様に gakuso.jpなどというドメインも存在せず、郵便局もありませんでしたから、紙や木片に書きつけて相手に手渡すか、誰かに託ける必要がありました。

私は、こんなこともあろうかと常日頃から門前まで通わせて様々な用事を託けていた家人を呼びつけ、雅楽寮への復帰の旨を綴った長官宛の手紙を預けたのです。

数日後、長官からの使者が禅寺を訪れ、私は晴れて楽所への復帰を認められました。

私を散々な目に遭わせた僧侶たちは涼しい顔をして、長官からの寄進を寺院の奥に運び去りました。その様子を眺めていると、なんとも靄がかった感情や暴力的な欲求が体内に湧き上がりましたが、位の低い僧侶を蹴るなどして憂さを晴らしても、単に仏罰の対象となるだけのことでしょう。

神罰や仏罰、あるいは天罰というものがあるならば、むしろこの僧侶たちに与えられるべきだとも思いましたが、神や仏が罰を与えるという発想そのものがもしかしたら間違いなのではないかと閃き、ネガティブな感情は唾液と共に飲み下して、禅寺を後にしました。

207

第三十四回「麺⑭」

最終回「麺⑮」

雅楽寮へ戻った私は、ほとんど忘却されかかった自分の地位を回復すべく庶務をひとつひとつこなしたり、同僚たちに酒を振舞ったり、上官に媚び諂ったりして日常への復帰を試みました。これは案外、上手くいったと思います。

しかしながら、長官の邸宅で禅寺の麺料理を再現するという任務については失敗したとしか言いようがありません。いや、単なる失敗ではなく、重度の過失だったと言えるでしょう。

それでも麺作り、素麺については、ほぼ成功だったといまでも胸を張れます。材料の違いや一度のワークショップへの参加では会得しようのない手際など、再現への障壁は決して低いものではありませんでしたが、私にも麺狂いとしての矜持がありました。完成した麺は素麺技術の発達した現代に提供しても、約半数の方が「これは間違いなく素麺である」と答える仕上がりだったと思います。

では、私はなんで失敗したのか。

それは汁でした。素麺に合わせるスープ作りに大失敗しました。

さすがに長官邸の厨には方々から仕入れた食材が豊富に揃っていて、私のような下級役人ではお目にかかれない品々がありました。おまけに、それなりに調理の技術に長けた家人も居り、なにひとつ不自由のない状況でした。世間一般では味わえないような出汁を煮出すポテンシャルが存分にありました。

ところが、禅寺の素麺において味の決め手となった干し椎茸が長官邸にはなかったのです。

手に入らないならば入らないで堅や昆布、あるいは煮て干した雑魚などを使ってそれなりの出汁を作ればいいのではないか、何より禅寺の素麺に椎茸が入っていたことなど長官には知る由もなく、その点については留意の必要がない、などとおっしゃる方がいるかもしれませんが、長官は上級貴族ですので、日頃から、そこそこ美味しい汁物を食しています。普段使いの食材を用いて素麺を提供した場合、「これ、麺が細いだけじゃん。普通じゃん。なんだよ、お前。坊主にいくら払ったと思ってんのよ。左遷じゃ済まないよ。左って概念がなくなるまで左降からの滅亡な」などというリアクションと共に、私の命運が尽きてしまう可能性があります。

ここは是が非でも干し椎茸を手に入れなければならないと私は考えました。

ところが、都合の悪いことに味覚の秋は過ぎ去って、近隣の森には茸一本生えていない時期になっていました。茸狩りに出かけて干し茸を作ろうにも肝心の茸がない。となると、買う、あるいはもらう、もしくは奪ったり盗んだりする以外にありません。消去法で考察してみますと、奪うと盗むは存外にハードルが高い。禅寺に行けばかなりの量の干し茸がありますが、彼らの一部は程よく、というよりも過剰に武装していますので、盗みに入って見つかった際にはどうにかされてしまいます。奪うなど論外です。

それならば、禅寺に赴いて貰ってくるのはどうかと思う方がいらっしゃるかと思います。ところが、たかが麺料理のレシピを教えるくらいであのような回りくどい方法を選び、ついでに多額の寄進を求められるわけですから、禅寺から分けてもらうのは買うよりも高くつくというものです。今度は尻の毛まで毟られるでしょう。

最後に残ったのは、買う、の一択でした。そういう場合には交易が活発に行われている市庭や湊のような場所へ出かけて探すしかありません。

私は家人たちを連れて、比較的大きな、村落というよりはほとんど街と呼ぶのが相応しいような市庭へ出かけました。

市庭は多くの人たちで賑わっていました。水辺では水夫たちが船に荷や人を積んでは降ろし、降ろしては積み、通りに面しては様々なところからやってきた物売りたちが魚、野菜、金物、織物、食器などを販売していました。銭を貸す者や得体の知れないものをグツグツと煮て販売している輩も居りました。

どうにかこうにか乾物などを取り扱っている農人を見つけ、椎茸はないかと尋ねると、農人は無愛想に筵の上に並べられた乾物の端を顎で指し、相当な額面の金銭を要求してきました。私が払いを渋ると、その隣の山ならば半値で良いと、サイズが疎らで肉厚とは言えない、比較的に平たい干し椎茸を勧めてきました。私は迷わずにそちらの安価な山を購入し、長官邸に戻りました。

干し椎茸は水に一晩漬けて戻し、その戻し汁はスープに使いました。禅寺でも椎茸の戻し汁が美味しさの決め手になっていました。また、椎茸の身は麺の具材として使うべく、水気を切ってから榧の油で和え、煮立った出汁に加えました。

これで素麺の準備は整いました。塩気を整えた汁ははっきりと美味しい仕上がりでした。

ところが、長官と長官に招かれた十数人の客人が麺を啜りはじめたころ、準備に取り掛かった厨勤めの家人たち、それから味見をした私の体に異変が起きました。なかには白目を剥く者、嘔吐する者、尻や腹を押さえて悶絶する者も居り、私も突然目眩を覚えて、ふらふらとその場にへたり込み、口からはマーライオンのようにプシャーっと汁が噴き出ました。

その後、長官たちも三十分から一時間の時間を空けて同様の症状に見舞われ、約半数の客人が吐瀉物を喉に詰まらせて窒息したり、茸の毒でショックを起こしたり、腎臓などの臓器不全を起こして息絶えました。

もちろん、私も死にました。

霊魂になってからしばらくの間、私は現場で亡くなった人たちに罵られ続けて鬱になり、それが原因で成仏できず、麺に執着して浮遊霊となりました。

そして現在はこうして、もっぱらチェーンの饂飩店などで浮遊しながら、麺の行末を見守っています。

完

参考文献

網野善彦（1987）『無縁・公界・楽　日本中世の自由と平和』平凡社ライブラリー
網野善彦（2001）『歴史を考えるヒント』新潮文庫
網野善彦（2005）『日本の歴史をよみなおす（全）』ちくま学芸文庫
板倉聖宣（1992）『生類憐みの令道徳と政治』仮説社
桜井哲夫（2014）『一遍と時衆の謎 時宗史を読み解く』平凡社新書
白山晰也（1990）『眼鏡の社会史』ダイヤモンド社
釈徹宗（2011）『法然親鸞一遍』新潮新書
鈴木大拙（1972）『日本的霊性』岩波文庫
辰巳正明（2009）『歌垣 ——恋歌の奇祭をたずねて』新典社新書
塚本学（1998）『徳川綱吉』吉川弘文館
吹春俊光、吹春公子（2011）持ち歩き図鑑『おいしいきのこ 毒きのこ』主婦の友ポケットＢＯＯＫＳ
松本忠久（2006）『平安時代の醤油を味わう』新風舎
松本忠久（2008）『平安時代の納豆を味わう』丸善プラネット
松本忠久（2011）『めんと和菓子の夜明け 索餅の謎を解く』丸善プラネット
宮崎正勝（2009）『知っておきたい「食」の日本史』角川ソフィア文庫
宮本常一（1984）『忘れられた日本人』岩波文庫

『月刊・お好み書き　連載「しごと」三味線の皮作り“名人芸”に迫る』（1996年4月1日号）
http://www.livex.co.jp/okonomi/9604/top.html

# 後藤正文×清水克行「特別対談」

●この『YOROZU IN JAPAN』、ロック・ミュージシャンの連載としてはかなり異質ではありながら、すごく興味深いものになったと思うんですが。

**後藤**「僕は、網野善彦さんが大好きで、宮本常一とかも読んでいて、民俗学にすごい興味があったんです。その流れで友達が清水先生の『世界の辺境とハードボイルド室町時代』を教えてくれて。読んだらめちゃくちゃおもしろくて、びっくりして」

**清水**「(笑)ありがとうございます」

**後藤**「やっぱり、日本史は教科書に載ってないことのほうがたくさんあるんだって実感するというか。歴史の授業はそんなに好きじゃなかったんですけど、やっぱりおもしろいなと思って」

**清水**「歴史好きな人って戦国大名とか大河ドラマが好きで、そこから入ってマニアックなほうに行って、民俗学とか網野さんに行くっていうパターンが結構多いんですけど、後藤さんはそういうタイプじゃなかったんですか?」

**後藤**「そうです。僕、平凡社ライブラリーの『日本残酷物語』を読んで、中世の暗黒史みたいなところから入っていったんです。貧しい人のほうに興味があって、先生が出されている飢饉の本とか、すごく興味があるところなんです。そういう本を読んでるうちに、『ああ、教科書って見出ししか書いてないんだ』と思って」

**清水**「それ、もっと声を大にして言っていただきたいですね(笑)。その手前で嫌いになっちゃう人が結構いるんですよね」

**後藤**「それですごくおもしろく感じるようになって。自分のやってるロックとも通じるところがあるというか。要は、フォーク・ミュージックって出所が一緒というか、民俗学と近い気がしていて」

**清水**「ああ、なるほど」

**後藤**「庶民の声をどうやって書きつけていくかという話だと思うんです。そういう意味では通じるところがあるなと思って、どんどん興味が湧いてきて。だから、『実はそんなことない』って想像してみるとか、こういうこと書くの、すごくロックなんじゃないかと思っちゃって」

**清水**「中世って、そういう意味じゃちょっとロックというかパンクというか、わりと無秩序な時代ですもんね」

**後藤**「先生の『喧嘩両成敗の誕生』、半分ぐらいまで読みましたけど」

**清水**「いきなり人殺しの話がいっぱい出てくる(笑)」

**後藤**「むちゃくちゃなんですよ。すぐ怒って斬ったりするっていう」

**清水**「子どもでも容赦ないという(笑)」

**後藤**「斬ったら斬ったで次にまた違う奴が出てくるとか(笑)」

**清水**「中世っていう時代は、日本の歴史の中で一番、日本の歴史っぽくない時代なんじゃないかって、僕はよく言ってるんですけど。いわゆるちょんまげつけて、時代劇のステレオタイプのイメージがあるじゃないですか。そこからかなりずれてるんですよね。我々の先祖とは思えないような行動原理を取って。どちらかというと、日本人というより今のソマリ人

と同じって言われたほうが納得するような、そういう気質を持っているんで、そういうのに音楽をされている方が興味持たれるというのは、ああなるほど、と改めて思いました」

**後藤**「あとは歴史教科書に逆らったりするの、いいなあと思って。ロック的というかね」

**清水**「正統な歴史じゃないほう?」

**後藤**「そうです。そっちのほうが本当は分厚い気がしていて。でも、文献が残ってない。たとえば書き言葉を持っていない部族とか民族に歴史がないように、書くってことはすごい政治的な行為ですよね。だから、庶民の側から妄想でもなんでも書きつけておくって、いいことなんじゃないかと思ったんですよね」

**清水**「素晴らしいですね。ほんとそう思います。為政者のほうの史料はいっぱいあるんですよ。豊臣秀吉なんかは何月何日何を食べた、までわかるんですけど、一般庶民が、たとえば時間はどうやって知ったのかとか、そういう普通のことが、実は案外わかってないんですよ。私も仕事の上では庶民が一体どういうふうにしていたかということにこだわりたいなあと思うんですよね」

**後藤**「それ、本当にもっと研究していただきたいです。おもしろいですよね。だから全体的にはそういうことを妄想しました」

**清水**「妄想と言えないぐらい、かなり勉強されて。『勉強されて』っていうのも失礼な言い方ですけど(笑)」

**後藤**「たとえば平安時代の庶民の男の人はどういう名前だったんだろうと思っても、文献がなくて調べようがないんですよ。女性だったら、『日本女性人名辞典』っていうのがあって。こんな本、ロックバンドで持ってるの俺だけだっていうような本なんですけど(笑)」

**清水**「(笑)だと思います」

**後藤**「あと、日本の料理全集みたいな本もあるんですよね。どの時代からまとめたものかはわからないんですけど」

**清水**「庶民生活史ってほんと難しいんですよね。昔、『タイムスクープハンター』っていうNHKの再現ドラマ風の歴史番組の時代考証に携わったんですけど、制作側から『箸は使ってたんですか?』とか、『庶民は手づかみですか?』みたいなことをいちいち聞かれるんです。でも、そんなことが書いてある文献なんてほとんどない(笑)」

**後藤**「『喧嘩両成敗の誕生』を読んでたら、普通に坊さんとかが帯刀してたり人を斬ったりするんですよね。『嘘だろ!』みたいな(笑)」

**清水**「はははは。確かに普通の方には、お坊さんが荒狂う状況って、かなりインパクトありますよね」

**後藤**「そうなんですよ。武装してたイメージはあるんですけど、寺に控えてる奴らが普段から武装してるのかと思ったら」

**清水**「ええ、誰でもみんな刀差して。仲間がやられると集まってきますからね。かなりタチの悪い人たちですよね」

**後藤**「この話だけでも、たぶん僕らが想像している歴史と全然違う」

**清水**「そうですね。そういう話ばっかり拾って本にしてるんで。自分でも『これが実態だったのかな？』って、たまに思わなくもないんですけど（笑）」

**後藤**「農民の歴史も、絶対副業とかいっぱいしてただろうし、米だけ作って生きられるわけないなとか。そういうのもおもしろかったです」

**清水**「今度の作品でも『市庭』の話は、網野さんの世界観がすごく投影されてておもしろい」

**後藤**「網野さんの本で読んで、虹の袂っていうのに一番びっくりして」

**清水**「虹が立ったら、その場所に市庭を開かなければならない、っていう独特の習俗ですね。あれを効果的に使った創作って、僕は初めて読みました」

**後藤**「それで思いついたんです。ある日、自分の荘園に虹が立ったらどうするんだろうって」

**清水**「嬉しいような迷惑なような、微妙なことになるわけですよね」

**後藤**「（笑）そうそうそう。本当は嫌だったんじゃないか、みたいな」

**清水**「虹が立ったっていう場所はどうやって特定するんだっていう（笑）。追いかけてっても虹に根元はないはずなんですけど。誰かが『おまえのとこに虹が立っただろう』とか言うんでしょうかね」

**後藤**「そのあたりからワンテーマごとに切っていくと書けなくなってきて。最初は眼鏡とかテーマごとに調べていこうと思ったんです」

**清水**「最初は一話完結のコンセプトだったんですか？」

**後藤**「はい。だけど、一話でやると相当きついと思って。なので、ひとつの話の中にたくさんの情報を盛り込んでいこうと思って。市庭の話の中に私度僧が出てきたりとか、歌垣が出てきたりとか、そういう話にしていこうと思って書きました」

**清水**「たしかに最初は最初で短編として完結しているような感じでしたから、ずっとこういう感じで行くのかと思ったら、突然長編になって（笑）」

**後藤**「そうなんです。市庭について書きはじめたら止まんなくなっちゃって。これはもう、最初の2話みたいな書き方をしていったら、自分がミュージシャンってことを考えると、やっていけないと思ったんですよ」

**清水**「（笑）なんでですか？」

**後藤**「話って完結させるところが一番難しいんです。毎回着地させようとしてたら、最後の何段落かがすごい重労働っていうか。楽曲制作とか、ツアーとかもあるので、そういう時期はメンタルの浮き沈みがあるんですよ。それにはとても耐えられないと思って」

**清水**「でも、着地点はぼんやり考えてたんですか？」

**後藤**「まったく考えてなかったです。でもだんだんやっているうちに、連載期間が長いので、たとえば一遍が気になったりしたら、一遍の本をわーっと読んだり、勉強して」

**清水**「なるほど！　で、最後の着地点は一遍になるわけですね」

**後藤**「人物がブーストしちゃえばいいんだ、みたいな」

**清水**「ああ、確かに。これ、着地点どうなるんだろうってわくわくして読んでました(笑)。最後、宗教的なエクスタシーというのと、コンサートやライヴって、やっぱり性格的に近いものがあるのかなあと思って」

**後藤**「そんな気もしますね。踊り念仏みたいなのって、今のロックフェスに近いんじゃないかみたいなこと、ずっと考えてたんです。そこにうまく持っていこうかなとは最後のほうで思いました」

**清水**「当時の人の宗教者に対する意識というのも、現代のタレントさんを見るような目と同じだったりするんじゃないかと思うんですよね。ご利益があるとか、そういう宗教的な意味合いプラス。なんかオーラが違う、とか、ルックスがイケてる、とか(笑)。そういう受け取り方をしたんだと思うんですよね。言葉としての情報以前の問題に、雰囲気とか声とかファッションとか、そういったものが大きいんだろうなあと」

**後藤**「櫓を組んでやったりしますもんね。たぶん、歴史に残ってなくても、ある地域では一時的にスターだった奴とかいたんじゃないかな」

**清水**「僕もそう思います。たとえば、いわゆる鎌倉新仏教って、親鸞とか日蓮とかカリスマがいますけど、当時においては、彼らはちょっとカルトなんですよね。ところが戦国時代ぐらいにその弟子筋の人たちが、彼らをカリスマ化していった結果、彼らだけが残ったんじゃないかと。だから、ファンの中からファンクラブを組織化しようという人が現れると、彼らはカリスマになるんですけど、そうじゃないとカルトのまま消えていくっていう」

**後藤**「書いて残すことによって、遡る形で神話化していくというか。だからたぶん、残ってない奴とかいたはずで。ロックも同じなんですけど」

**清水**「あ、やっぱりそうなんですか(笑)」

**後藤**「そうそう(笑)。そこそこ有名くらいのバンドは100年後に語ってもらえるかわかんない、みたいな」

**清水**「やっぱり宗教組織もプロデューサーが大事なんですよね、教祖よりも。教祖が演出や運営にまで口を出すとありがたみがなくなっちゃうんで、それをショーアップするプロデューサー的な人がどうしても必要で」

**後藤**「ときどきアンソロジーの企画とかね、没後にする奴が出てこないと、レコードがなくなってしまう。再発売しないといけないという」

**清水**「ああ、そうだと思います(笑)。当時の史料なんかを見てると、よく変な流行り神みたいなのが現れると、そのときはみんなわーっと集まってきちゃう。でもそれがナントカ宗というような形にはならないんですよね。自然発生的に起こって、簡単に消えていく。中には怪しいのもいたり、詐欺まがいだったりとか、そういうのもいたと思うんですよね」

**後藤**「そういうことも想像したらめちゃくちゃおもしろいですね。でも、ほんとにわからないんですよ。家の造りとかも想像つかないし。歌とか持って、どこに行くんだろうと思って。『平家物語』や『源氏物語』でも、だいたい御簾越しみたいな話は出てくるんだけど、家のどこからどう入って、誰に話を通してもらって、どうやってたどり着くのか全然わかんなくて」

**清水**「(笑)そうなんですよ。それがほんとに悩みの種で、あたりまえのことほどわかんないんですよね。ところで、後藤さんの、いわゆる時代劇口調ではないこのポップな文体は、何か戦略があるんですか?」

**後藤**「今、池澤夏樹さんがずっと『日本文学全集』出してますけど。町田康さんとか、めちゃくちゃくちゃくだけていて」

**清水**「『ギケイキ』とか、すごいですよね(笑)」

**後藤**「『ギケイキ』が最高で! 普段から好きなんです。町田さん、いくつか時代物の小説書かれてるんですけど、『パンク侍、斬られて候』も普通に口語っぽい、昔の時代の設定の小説で(笑)。かなり影響を受けているので、逆に町田さんからの影響をどうやって抜いていくのかってところは悩みました」

**清水**「僕、読売新聞の読書委員というのをやってて、日曜日の紙面でいろいろ本を読んで紹介してるんですけど。歴史家なんで、歴史小説をやってくれってわりと言われるんですよ。ところが歴史小説、実は苦手で(笑)。理由は、リアルなドキュメントの歴史を知ってしまっているので、小説の世界が嘘臭く見えちゃうんですよね。特に、いわゆる時代劇としてのお約束の言葉遣いや言い回しがあるじゃないですか。あれがどうも、なんか嫌なんですよね(笑)」

**後藤**「音が残ってないので、イントネーションとかも含めてわからないはずだと思うんですよね」

**清水**「そうそう。豊臣秀吉が名古屋弁しゃべったり、公家が京言葉をしゃべったりすると、なんか一応それらしい感じになるんですけど、当時の人が本当に現在と同じ方言をしゃべっていたか、わからないですからね」

**後藤**「当時の人たちはわかってたかもしれないけど、チューニングが違うとか、楽器も違うし、再現できないところがある。そういうように、たぶん、しゃべり言葉もきっと違うと思うんですよね」

**清水**「ええ。だから、今の人がありがたそうに読んでいる歴史小説っていうのが、いいのかなっていう思いがやっぱりあって、ずっと歴史小説の書評はお断りしてたんですけど。町田さんのは結構楽しく読めて(笑)。今回対談のお話をいただいて、後藤さんの作品を少し読んだら、『あ、これは!』と思って。これならお引き受けできると思って」

**後藤**「ありがとうございます。後半の素麺の話はまたちょっとタッチを変えて、メタエッセイみたいな感じにしてみました。前半みたいに物語にすると書くのがきついので。さらに楽をしようと思って」

**清水**「(笑)いやいやいや、むしろ読みながら、『俺はこういうこともできるんだぞ』という文体だというふうに、僕は理解して読んでました」

**後藤**「(笑)そういうことじゃないです、こっちのほうが楽だったんです」

**清水**「そうなんですか。すごいなと思いながら読みましたよ。またこういう文体のほうが実は中世の人のスピリットをよく反映してるんじゃないかなと思うんですよね。お約束のいわゆる時代劇言葉よりも。もちろん翻訳としては正しくはないんですけど、精神的にはこんな感じで当時の人は『徒然草』とか書いてたんじゃないかなと思う時はあるんですよね」

**後藤**「精神性みたいなものがすごい大事な気がして。ときどきある、農民＝真面目みたいな認識は絶対違うと思ってて。農民ほど狡い奴らいなかったんじゃないか、みたいな。もちろん真面目な奴もいただろうけど、年貢ちょろまかしてやろうと思ってた奴もいっぱいいただろうし、みたいな」

**清水**「そう。それを現代人の価値観で投影されちゃうと、なんかちょっと、こそばゆくなっちゃうというか、読んでて恥ずかしくなっちゃうんですよね」

**後藤**「美化して型にはめてくと、全然違う気がして。今と同じように、普通に多様性があって、いろんな奴がいて」

**清水**「音楽の話で言うと、能楽って今観ると退屈じゃないですか。ごにょごにょ言いながらゆっくりで、初めて観ると大体寝ちゃいますよね」

**後藤**「寝ます、はい。寝たことあります」

**清水**「僕も能を観て、やっぱり眠くなるんですよ。言ってる言葉は古語なので、研究してる以上、意味はわかるんですけど、それにしても眠いんですよ。僕の中のイメージする室町時代の人と能の世界がどうしてもつながらない。で、どういうことなんだろうと思って調べてみたらば、室町時代の能のスピードは、室町時代は今の2倍ぐらいだったたっていうんですよ。なんでわかるのかなと思ったらば、一日の演目一覧が残ってるんですよね。台本は室町時代にもうできあがってるんで、同じ台本で今同じように上演したらば、こんな時間に終わらないはずだって」

**後藤**「じゃ、もっと早口だったたってことですか?」

**清水**「ええ。約2倍のスピードでやってるとしか思えない、っていうことなんですよ」

**後藤**「そういう話を、能をやられてる方に話したこととかあります?」

**清水**「いや、ないです。言ったら怒られるかもしれないです(笑)」

**後藤**「何かが覆る可能性がありますよね、いろんなことが」

**清水**「ええ。だからみんなが、幽玄美だとかっていって有り難がってるものって、江戸時代ぐらいになってだんだん間延びしていった結果がそうなんじゃないかなあと思って」

**後藤**「僕も、秀吉が自分で能を舞ったりだとか、イメージが全然湧かなくて。あのスピード感と秀吉が合わないというか」

**清水**「ええ、ええ。百姓上がりの人にあんなに高尚なものがわかるとは、ちょっと思えないですよね」

**後藤**「じゃあもっとキレッキレのダンスだったかもしれないってことですね、きびきびとした」

**清水**「そうです。一演目が短くてパッパッと進んでくっていう。まさにそうです」

**後藤**「ショートコントぐらいの」

●ははははは。

**清水**「秀吉なんかは、明智光秀を討ち取る話を『明智討』っていう創作能にして、自分が主演で舞っていたというぐらいですからね。どこまで自己顕示欲強いんだっていう(笑)。だからエンターテインメント性は今よりもっと高いものだったんじゃないかなと思うんですよね」

**後藤**「なるほどね。やっぱそうじゃなきゃできないよなあ。伝統芸能とかもすごく興味があるんですよ。文楽を観に行くのが好きで」

**清水**「文楽なんかも、もちろん今の価値として、おもしろいというのもあるんですけど、その見方で、かつての人も同じように観てたか。また違うと考えないといけないのかなって、最近思うんですよね」

●絵とか文字だけで残っていて、唯一わからないものが時間ということですよね。時間という軸をツールにして、いろいろ検証し直すと、とんでもなくおもしろいことがわかってくるんじゃないかなと。

**清水**「そうですね。一方で現代って、いろいろな面でスピーディになっている時代なんで、昔の人たちの時間認識とはかなりかけ離れているのかもしれませんね。でも、当時の人たちの時間認識って、いちばんわからないんですよね」

●それだけは記録に残せないですからね。

**清水**「でも、まったくわからないわけでもなくて、たとえば、いま言ったように、その当時のプログラムから上演時間を推測するとか。それなりのテクニックが要るわけですよね」

**後藤**「昔の人のほうが妙にトイレに行く時間が長いとか、そういうことないでしょうからね。相撲の決まり手に昔は寄切りがなくて長いって話も、祭みたいにしちゃえば、酒呑みながら、夜は火とか焚いて(笑)やったら、結構盛り上がりそうな」

**清水**「ショービジネスとして確立する前の世界なんで、もっとなんでもありだったんじゃないですかね」

**後藤**「そういうことを書いていきたかったんですよね」

**清水**「その狙いは、今度の作品に十分反映されていると思いますよ。あと、後藤さんの現代社会に対する批評がちょろっと入ってるのがいいですよね。猫の殺処分の話とか。あと、エジソンのいい話に対してディスってるっていう(笑)。あれ、読んでておもしろかったです」

**後藤**「(笑)なんかああいうのは、そういうのを中吊りで読んだりすると、おかしいなあと思って」

**清水**「ツッコミを入れたくなるんだ(笑)」

**後藤**「はい。死者に語らせるって、悪いやり方ですけど」

**清水**「(笑)いやいや、おもしろかったです」

**後藤**「ちょっと途中から、自分の意見を交ぜてくみたいなことももっとしようかなと思って。与沢翼的な人たちの悪口言ってみたりとか、そういう、虚業のさらに虚業みたいな(笑)」

**清水**「そこが、読んでてニヤッとする。後藤さんは今まで、歴史物のエッセイとか創作は書かれたことあるんですか?」

**後藤**「いや、これが初めてです。なんか変わったことやってみたいと思って。音楽の話はいろんなところで書いたことあったんですけど、別のことがしてみたいなあと思って」

**清水**「初めてのフィクションが歴史小説。すごいですね!」

**後藤**「フィクションを書くつもりはなかったんです。自分で調べたことをフィクション風に仕立てて書こうと思ってたら、なんか、終わって読み返してみたら、十分フィクション、小説になっちゃってるなと思って、自分でびっくりしたんです」

**清水**「なってると思います。でも学生に、『今日、アジカンの後藤さんと対談してくる』って言ったら、『なんで先生が対談するんですか?』って(笑)。『歴史小説を書いてるんで』『いや、そんなの書いてないはずだ。違う人じゃないですか? なんか騙されてませんか?』って(笑)」

**後藤**「(笑)『絶対書いてないはず』って!」

●(笑)認知されてないね、ヤバいね。

**後藤**「このロック雑誌の中でも最も読まれてない連載だと思うんです」

●そんなことはない(笑)。

**清水**「音楽ファンと歴史ファンってかぶるところがあるんですか?」

●まったくかぶんないだろうね、恐らく。でも、それを目指したいよね。

**後藤**「でも、ロックも好きで、歴史も好きっていう奴はいますよ。僕に清水先生の本を教えてくれた友達は、バンドマンだったんで」

**清水**「あ、そうですか、嬉しいな!」

**後藤**「でも、僕みたいに民俗史の本をいっぱい読んでるって人は、そんなにたくさん聞いたことはないです」

**清水**「ええ、私も聞いたことがない。びっくりしました」

●ASIAN KUNG-FU GENERATIONってロックバンドじゃないですか。ロックバンドって大なり小なり、その当時の権威があって、それに対する庶民側というか、自分たち側からのリアルな声みたいな側面があるじゃないですか、精神論でいうと。そういう動機で歌を書いたり歌詞を書いたりする部分もあると思うんですけど。先生が権威としての歴史の流れではなくて、民俗学という視点に興味を持たれたというのは、どういう動機からだったんですか?

**清水**「僕はさっきの話で言うと、逆に戦国大名とかが好きで歴史にはまった、典型的な歴史少年だったんですね、テレビドラマとか小説とかで。で、やってくうちに、どんどんマニアックな方向に行っていったっていうのがあるかな。それと、そもそも僕の実家が蕎麦屋なんですよね。商店街で、近所とも下町風のつながりがあるような感じの。そうしたベースがあったうえで、大学で教わった先生が、戦国時代の庶民の歴史を研究されている方だったんです。で、その先生の持論が『私たちは本来民衆なのに、なんで権力者の歴史を勉強するんだ』と」

**後藤**「そうなんですよ!」

**清水**「みんなひとりひとりが、その時代に生まれた時に、信長や秀吉になれるとは限らないのに、なんで信長や秀吉に感情移入するんだ、おかしいじゃないかって。そう考えた時に、自分の生まれも確かにそうで。町や村の中で日々普通の生活していた人に、もっとちゃんと光を当てないといけないんじゃないか、ということに自分の中で気づいたという」

●なるほど。

**後藤**「最高ですねえ」

●クラシックをきっかけに音楽に入った人が、そもそも私の気持ちを代弁するのはこうやってギター、ガーンって弾いたほうが、って思うのと近いかもしれないですね(笑)。

**後藤**「なんでみんな大名なんだろう、城なんだろうと思うんですよね。足軽がどういう気持ちで槍持って突撃してったかのほうが気になるけどな。『嫌だよ!』って思わないのかな、みたいな」

**清水**「二番目でついてくのはいいけど、一番前は嫌だなとか、考えますよね」

**後藤**「そうなんですよ、考えますよね。だから俺も、どっちかっていうとそっちが気になるタイプというか」

**清水**「でも僕、結構、今の若い歴史好きな子に期待しているところがあって。我々の親ぐらいの世代の歴史好きっていうのは、サラリーマンだったり企業経営者で、信長や秀吉から自分の出世や会社経営のノウハウを学ぶみたいな方向性でしたよね。ところが最近、歴女っていうような人たちが出てきて。彼女たちがおもしろいのは、歴史の勝者じゃなくて、むしろ敗者のほうに共感するんですよね。信長・秀吉・家康じゃなくて、石田三成とか明智光秀とか、そういったところに共感する」

●それに萌えるわけですね(笑)。

**清水**「それは僕は正しいんじゃないか、成熟した歴史の見方なんじゃないかと思って。全然違う時代の人から何か実践的な教訓を得るということはできるはずもないのに、それをしようとするオジサンたちよりも、歴史に共感しよう、自分と同じ等身大のものを歴史に探そう、という今の若い子のほうが、実はピュアなんじゃないかなと思ってるんで。だから、もう一息ですよ! 頑張りましょう!(笑)」

**後藤**「もっとこう、さらに降りてきて、民俗学のところまで」

**清水**「そこまではなかなか降りてきてくれないんですけど(笑)」

●共通点を探すというマインドがあるかもしれないですね。

**後藤**「敗者に学ぼうというのは、今の時代の風潮なんですかね」

●そうかもしれないね。

**清水**「それもあると思います。高度経済成長期のイケイケドンドンという時代は、信長だったり秀吉だったり、天下人に学ぶっていうね」

**後藤**「もう天下人には学べないぞと」

**清水**「誰もが天下人への夢を見られた時代が、高度経済成長期なんでしょうね。今、そういう時代じゃなくなったんで」

●ASIAN KUNG-FU GENERATION、その音楽、あるいはゴッチという存在ですが、僕らみたいな音楽評論家が形容するのではない、何か印象はありますか。

**清水**「音楽は素人なんで分からないですけど、歌詞が独特ですよね。たとえば『恋愛』とか、『人生』とか、ありきたりな方向に主題が行かないように、あえてちょっとぼやかすような。今回のこの小説にもそういうところがあるのかもしれないですけど。定点を設定しないで、ずらし続けていくというような感じが面白いですね。歌聴いているだけでも、すごくいいんですけど、あとで歌詞カードを見ると、わかってたつもりがわかってなかったのかっていうのがわかったり。歌詞カード見てまたわかんなくなったりっていうのが、いいですね」

**後藤**「そうですね、うん。すぐに言葉が入っていかなくてもいいんじゃないかっていうのは」

**清水**「安易な説明に堕ちないようにしてるっていう感じを受けました」

**後藤**「昔は特に思ってましたね、すぐにわかんなくてもいいかな、みたいな(笑)。一歩歩み寄ってきてくれないとな、みたいな」

**清水**「こっちからサービスするんではなくて」

**後藤**「はい、そうなんですよ」

●『君繋ファイブエム』っていうタイトルがあるんですけど、一瞬なんのことかわかんない(笑)。でも、すごく意味が込められてる。

**後藤**「でも、読んだり書いたりすることの関係性って、そういうことのような気がしますけどね。どういうことなのか、考えたり読んだりしてみなきゃわからないし。これはどういうことなのかって考えることが、読むってことなんじゃないかという気がするんですよね」

**清水**「確かに、そうじゃないと消費されて終わっちゃうんですよね、あんまりサービスしすぎると」

**後藤**「うん、そうなんです。だから歴史とかもそうとしか言いようがなくって。古文書とか読んだりするのも、そういう読み方しなきゃ読めないのかなって。入っていかないと、っていうか」

●なるほどね。

**清水**「僕たちも、逆に自分のコンディションとか社会情勢とかを踏まえて読むと、古文書の読み方が変わるってこともあるんですよね。今まで気づかなかったけど、『ああ、これこういうことだったのか』っていうのがわかるっていうのはありますね。歌もそうなんですね」

**後藤**「ときどき『万葉集』とかの現代語訳とか読んだりするじゃないですか。そうすると、言われなかったらただ響きのいい日本語のようにしか思えないけど、『いや、実はこれはこういう意味で』ってことがある。歌垣について調べる時はそうで。ここまで登ってくるのにちょっと躓いたりしたけど、握る何かがあった、みたいな歌があると、それは『俺はモテている』っていう意味だったりとか。つまり、手を取って助けてくれる奴がいる、みたいな意味だったり。そういういろいろ洒落た言い回しがあるっていうことが、かっこいいなあと思って」

**清水**「その一方で、正確な解釈まで分け入らなくとも、表面的なリズムだけで楽しむファンがいてもいいわけですよね」

**後藤**「もちろんもちろん！ たぶんそういう奴もいたはずですよ、歌垣とかは」

**清水**「意味わからずに大人の歌を歌ってる子どもとか(笑)」

**後藤**「『あいつめっちゃ声がいい！』とかでモテた奴もいたし。それこそ、言ってることがほんとに素晴らしいって奴もいただろうし」

**清水**「これはもとのナントカっていう歌のオマージュなんだよ、みたいな、そういう蘊蓄を傾けるファンもいれば」

**後藤**「流行ってる歌もあったと思うんですよね。だから替え歌選手権みたいな感じもあったんじゃないですか？　今のヒップホップのラップバトルに近かったような気もするし。歌のことを考えるとすごくおもしろくて。歌垣とか、ものすごくストレートに詠んだらダサかったんじゃないかと思うんですよ」

**清水**「小説の中でもありますよね。いかにも学校の古文の教科書に出てくるような直訳をわざとされてるところ」

**後藤**「はい。だから、まっすぐ読んだらダサかったんじゃないかと。ちょっと洒落た、粋な言い方っていうのがたぶんね、始めた頃の人たちの中にはあったような気がする。かっこいい詠み手と、そうでもない奴。だから、こけおどしみたいな奴もいたんじゃないですか？　シュッとしてるのに歌が全然詠めないとか」

**清水**「浅いんだけどなんとなーくオーラでごまかしちゃう(笑)」

**後藤**「そうそう。でも見抜かれるとか、たぶんあったと思いますよ」

●「あいつはにせもんだ」みたいなね。

**後藤**「そうそう。でも、女の人とかはそういうのをちゃんと見抜いて、やってたんじゃないかなって気がしますけどね」

●ほんとに今のポップ・ミュージックと同じような。いつの時代にもあるんだろうね。

**後藤**「うん。歌垣とかはたぶん、ものすごく近かったんじゃないかって。ほんとそう思いますよ」

司会：山崎洋一郎

清水　克行（しみず　かつゆき）
1971年、東京都生まれ。立教大学文学部卒業。早稲田大学大学院文学研究科博士後期課程単位取得退学。博士（文学）。現在、明治大学商学部教授。専攻は日本中世史､社会史。主な著書に『喧嘩両成敗の誕生』（講談社選書メチエ）、『日本神判史』（中公新書）、高野秀行との対談録『世界の辺境とハードボイルド室町時代』（集英社インターナショナル）などがある。

# あとがき

自分たちが日本的だと考えていることは本当に日本的なのか、みたいな問いがコボコボと胸の内で湧き上がりはじめたのは、東日本大震災以前のことだった。

例えば、我々は普段から何気なくドレミファソラシド＝平均律を使って音楽を作ったり、演奏したり、それを聴いて楽しんだりしている。

けれども、そうした音階が日本に輸入されたのは明治以降のことであって、歴史は浅い。それ以前は、平均律ではなく日本独自の音階があって、江戸時代は三味線、さらに遡れば琵琶とかをベンベラベンベラ打ち鳴らしたり、和太鼓を打ったり、手の平や足踏みでリズムをとったりしながら、音楽や歌は共有されていたのだろうと想像する。

現在のポップスと日本の伝統的な音楽のどこが地続きで、どこが隔たっているのか、という問い自体の答え合わせが難しいのだ。

そんなことを考えていると、今度は日本独自などと書いたけれど、「日本」とはなんだろう、という問いが斜め後ろから衝突してくる。

いつの時代の、いつの国のかたちが「日本」なのか。というか、文化にとってみれば国境線は関係ないのではないのか。問いは尽きない。

歴史を遡れば関東のあたりや九州の一部だって中央政権による征伐の対象だったのに、多くの人は征伐する側の歴史観に自分を置いて「日本」を捉える。あるいは特に考えもせずに、教科書の年号を順に追いながら、地図に描かれた『ＪＡＰＡＮ』みたいな捕まえ方を漠然としていると思う。

音階だって日本独自なんていうのは怪しいもので、中国や朝鮮半島の影響があったに決まっているし、インターネット的な方法で音階をシェアできる時代ではなかったから、地方や集落によって、あるいは楽器を演奏する集団によって微妙に使っている音階が違う、なんてことがあったに違いない。

などと考えていると、自分が古来の「日本」の何と繋がっているのか、とても不安になった。というか、自分のなかにある日本観を再構築せざるを得ないと思った。

それではと思い立って伝統芸能である文楽や能を観に行ったところ、その場でフリーズするくらいにわからなかった。使われる楽器に関しては、ミュージシャン的な興味によってどの角度からも楽しみは見つけられるけれど、言葉が理解できない。

これはまずいなと思って古典文学の本などを買ってみたけれど、古文や漢文が読めなかった。楷書で書かれた原文はほとんど呪いの呪文のように思えた。

だめじゃん、と思った。

けれども、そうした古い文を読んで研究している方たちの様々な著書がこの世に存在していたので、断崖に数本の橋を発見したような心持ちで、俺は絶望せずに、いや、むしろ希望を抱いて、紋切り型の、教科書型の「日本」に首まで浸かることを拒みながら、ややこしいことを考え続けることができた。

そうした日頃からの妄想を、紙に書きつけられたことがとても嬉しい。連載がロック雑誌（しかも、来日しないアーティストの架空インタビューからはじまったアナーキーな雑誌）の誌面で行われたことにも意味があったと思う。

これはパンク的な本なのではないかと思う。

網野善彦さんや小泉文夫さんの本を読まなければ、こんなことは考えなかったかもしれない。平凡社ライブラリーの『日本残酷物語』からは、教科書に載らない庶民の歴史について考えるきっかけを得た。対談に登場してくれた清水克行先生の著書からも新鮮な刺激を受けた。

また、震災以降、各地の被災者に寄り添うパンクスたちからの影響も大きい。やっていることは熱くてまっすぐであるけれど、丸ごと聖だとは言い難い彼らを見たり、彼らと行動を共にしたりしていると、中世の宗教者たちはこんな感じだったのではないかと思う。彼らとの震災復興にまつわる活動のなかで、権力の側が書き残す歴史ではない、庶民の歴史への興味が深まっていった。また、そうした活動は民俗学の実践の場でもあった。

文体については、町田康さん、古川日出男さん、佐々木中さんの影響を受けていて、これについては誰から突っ込まれてもその通りであるので、きちんとここに記しておきたい。

これらのすべてに感謝している。

感謝の意を歌にして大ヒットさせたいくらいだけれども、陳腐な感じになりそうだし、多分ヒットしないので、止す。

最後にもうひとつ。

「読書用ＢＧＭを付録としてつけてはどうか」と編集者をそそのかして、ＢＧＭには成り得ない「丸ごと、俺」みたいなアンビエントミュージックを巻末に添付させてもらった。

採譜もできなければ再現性もない、ミックスを含めて5回ほどの即興を経て完成した楽曲は、生きることそのものについての比喩だと思う。あらゆる音楽的な間違いが、それもひっくるめて一回性の間違いのなさに回収されている。

死んだ後に何を言っても、人生なんて仕方がないのかもしれない。けれども、そこによくわからない美しさがある。反対に醜さもある。本来、人間のあれこれを譜面のようなかたちで書き残すことは不可能だ。再現できない。歴史だって同じだろう。

聴いた人たちの脳が溶けることを祈りながら。

後藤正文

後藤正文（ごとう・まさふみ）

1976年、静岡県生まれ。ASIAN KUNG-FU GENERATIONのボーカル&ギター。楽曲のほとんどの作詞・作曲を手がける。またGotch名義でソロ音源も発表。近作は『Good New Times』。朝日新聞朝刊にて「後藤正文の朝からロック」連載中。私たちの未来を考える新聞「THE FUTURE TIMES」編集長。著書に『ゴッチ語録 決定版』（筑摩書房）、『何度でもオールライトと歌え』（ミシマ社）がある。

無謬 / Infallibility
Gotch

Music by Masafumi Gotoh

All Instruments by Masafumi Gotoh
Recorded & Mixed by Masafumi Gotoh
Recorded at Cold Brain Studio

Mastered by Rashad Becker at Dubplates & Mastering



STEREO / ODCS-007 / only in dreams
www.onlyindreams.com

編集　山崎洋一郎／松本昇子
　　　川辺美希／高橋瑞香
編集協力　岩沢朋子

装丁・デザイン　高橋剛
装画　水口理恵子
挿絵　北村人

撮影　山川哲矢
スタイリスト　岡部みな子
ヘアメイク　藤岡ちせ［Paja*Pati］
衣装協力　VAIOUS/SOCS JAPAN（03-5823-0201）
　　　　　FREAK'S STORE渋谷（03-6415-7728）

協力　小川克久（Spectrum Management Co.,Ltd.）

YORОZU～妄想の民俗史～

2017年7月31日　初版発行

著　者　後藤正文
発行者　渋谷陽一
発行所　株式会社ロッキング・オン
〒150-8569 東京都渋谷区桜丘町20-1
渋谷インフォスタワー19F
電話03-5458-3031 / FAX03-5458-3040
http://www.rockinon.co.jp/
印刷所　大日本印刷株式会社

乱丁・落丁本は小社書籍部までお送りください。送料小社負担にてお取替えします。


ISBN978-4-86052-127-1